-文朵-

沉默的風暴

誰懂女人的寂寞

目次

引子

慾望比饑餓更甚
愛情比慾望更甚
慾望的饑渴，讓人瘋狂
愛情的饑渴，讓人死去

能給我紙和筆嗎?女人輕輕抬起眼睛問。

寫東西嗎?員警心裏掠過一絲驚喜。女人進來三天後一言不發不吃不睡，枯坐著，比雕像還死寂。讓人揪心。現在想寫東西，表明心還活著。

女人緊緊捏著筆，如同打了興奮劑，在紙上舞動回憶。或狂野、或舒緩……

第一章　童年烙印

1.

五十雙眼睛，凝望著他們的音樂老師。幾縷溫和的陽光從窗外的綠葉間滲透，照在倪蕊清瘦白皙的臉上，使她的臉上泛著柔和的光。倪蕊有著光潔的皮膚，不算多的黑髮柔垂在腰際。不笑的時候冷得讓人不想和她說話，一笑起來，連眉眼都笑了。無聲，富有感染力，讓人不禁也跟著笑。

五十雙眼睛，投入的目光，這一刻充滿了喜愛。倪蕊用鋼琴為孩子們彈唱《森林裏歌兒多》。

聽完了這首歌，你們開心嗎？倪蕊笑著問。

開心！孩子們響亮地回答。如此響亮的聲音，熱切的眼神。孩子們說的就是他們所想的，心裏想的眼睛就說出來。她令孩子們開心，孩子們也令她開心。倪蕊想，不要五十個，只要一個，彼此開懷，像此時一樣。短暫的走神讓她彈錯了一個音，她搖搖頭迅速調整自己，使她的思緒完全回到了課堂上。

「老師先教你們念歌詞。來，一起拍手念。」

森林裏，歌兒多，森林裏，歌兒多，小兔唱，綠綠的青草歌……

只念了三遍，孩子們就學會了歌詞。歌詞會了，他們就隨著倪蕊的琴聲，一句句跟著旋律唱，三遍也學會了。這是倪蕊的「三三」音樂教學法，很受孩子們喜愛。別的音樂老師說一節音樂課上下來都不想講話。倪蕊說還好啊，她上完了嗓子一點也不累。她誠心介紹自己的「三三」教學法，他們聽了不以為然，疑惑地問：真的嗎？倪蕊也不爭辯。當人們習慣自己的做法，想改變，很難。

下課鈴聲響起，倪蕊笑著跟孩子們道再見，走進了陽光下的操場。她的影子緩緩地移動，思緒悠悠地飄著。

倪蕊想心事的方法很特別。別人大都把自己關在家裏靜靜地想。倪蕊不。她如果能把自己關在家裏，就是心很靜的時候。她會好好利用靜心的時間，看看書，寫寫東西。心裏不靜，煩或鬱悶，躲在家裏不能理性地控制，她就會找人打電話，長篇大論地說些莫名其妙的話。當找不到人說話她就會感到深深的絕望。於是她乾脆走出門，調整情緒。她匆匆趕路，走在人群裏，融入人群就不會有出格的舉動。那些變態之所以變態，只因為他們不能融入人群。他們超凡卻不能脫俗。她用這樣的方式管住自己飄散的思緒。如果遇見熟人，問她：倪老師，你怎麼一個人啊？她就快快地走路，急急地回答：買東西啊。這方法不錯，既控制了情緒，又鍛鍊鍛鍊了身體。煩惱的時候，她就用凡俗的方法解決。

操場上現在有一些孩子，倪蕊多不認識。她教的是小學高年級的孩子。那些孩子下課後不像低年級的孩子，喜歡在操場上瘋鬧，只是待在教室裏或走廊上，講話或觀察別人。同事們下了課會快速回到辦公室，靠在椅子上喝茶。所以這課間的十分鐘的操場，對倪蕊而言，反而安靜。她走得很慢很慢，不擔心有人打擾她的精神世界。

漸漸地，回憶慢慢變瘦。而立之年，開始寫遺書，長篇遺書。人都需要寫遺書。只不過時間早晚，方式不同罷了。一些話像人心上的毒刺，不拔出來，我怕挨不了餘生。不拔出來，我怕我活著的身體不會安寧。

當我老了，我就不會那麼辛苦地保持形象。我能隨便坐在一棵下的石頭上，一瓶水，慢慢地喝；一枝菸，慢慢地抽，看路人行色匆匆。這是許多老人愛做的事：在人們的漠然目光中，安靜回憶、思索。

現在我還年輕著，還有暹花一樣的容顏，卻像一個坦然面對死亡的老人一樣，陷在回憶裏。我希望，回憶讓我生出夢想。

與丈夫分床不分家的半分居隱秘事實，對慾望、愛情以及種種掙扎，多久以後，皆成往事？痛苦、憂傷和甜蜜，終會靜成一幅畫，落滿歲月的灰，無聲無息。懸浮在腦海中。

天上白雲悠悠、無邊無際，一隻大雁獨自飛過。一聲孤鳴，有誰聽見？若干年後，風吹動我的白髮。昏花淚眼中，一個人走來，像他年輕時說的那樣：我要為你梳頭，直到青絲變白髮。

倪蕊記錄完了這些話，心像服了鎮靜劑一樣平靜了。她的頭腦裏常常充滿一些想法，這些想法很多很多，一會好一會壞，一會樂觀一會憂鬱，讓她不知如何是好。倪蕊知道，如果不把這些想法像水一樣倒出來，那她的腦袋就會像一個可憐的桶一樣，遲早會被撐破。她必須在有生之年把這些想法（她姑且叫做遺書）取出來，不讓它折磨自己。

兩百米以外有位同事走過來，倪蕊若無其事地收起小本子，站起來，向辦公室走去。她不想被人看見她在寫東西，免得被問東問西，煩。她寫東西的主要目的是讓心裏明白，心裏舒坦，成為作家是附帶的目的，但別人不那麼想。他們發現了她發表的文章，總是稱呼她為倪作家。有的人是鼓勵，有的人則是嘲諷。管他是出於什麼心理，她只想安安靜靜的。

2.

人們對於過去的歲月，總是會留戀，哪怕曾經痛苦萬分，回憶簡直就是過去的「美化劑」，回憶，能讓人變得比原來聰明點，能從過去失敗的教訓中找到經驗。雖然未來並不像過去一樣重複。回憶，是生命留下的腳步。

倪蕊不知道自己的生日。她只知道是哪個月份，具體哪一天不清楚。因為她的母親不知道。母親只知道她的唯一的兒子的生日。父親倒是清楚，他用一個專門的筆記本記載了四個兒女的生辰八字。可惜父親死了，母親找不到那個本子。倪蕊也想問母親，說你就沒有看見過那個本子，看了就沒有記住？但倪蕊沒問。母親若記得一定會炫耀的，說自己只看了一眼就記住了四個兒女的生日。母親生了一個兒子三個女兒。她記得幾個女兒的出生月份就不錯了。

倪蕊出生在二月份。這是個好月份。雪開始融化，春天蓄勢待發。倪蕊也準備好了，她生機勃勃、哭聲嘹亮地來到這個世界。倪蕊知道自己出生的情景就這些，是母親轉述的。她想她出生的時候和妹妹應該差不多吧。她見過母親生妹妹。

母親的房門敞開著，父親不在。他在十里之外的學校沒回來。接生婆和大伯母守在母親的身旁。多年以後，倪蕊還記得母親尖利的叫聲以及大張著的腿間，有黑紅的一個洞。倪蕊想，我就是從那樣一個難看的可怕的還有些骯髒的洞口出來的嗎？但她並不以為自己髒。

母親的肚子沒有任何遮蓋，這樣好方便她用力。倪蕊看不見母親的表情。她被母親大張著的下身嚇住了，也吸引住了。她只聽見母親的叫喊。母親身旁的人給母親打氣說你一定行的，你都生了三胎了。母親聽了也不答話，她沒有力氣說話。若她能開口說話，就會說：生三胎怎麼了？我生十胎都會很疼。不像有的女人，第一胎都那麼順利。在農村，生孩子過於容易的女人，被人稱為賤命，說天生就是生孩子的機器。

幸好母親沒有像村裏的其他女人，在生孩子的時候罵她們的丈夫。隔壁的小蘭說她母親生弟弟的時候，不停地罵她的父親不要臉，只顧自己舒服讓她這麼難受，後來生下了兒子她才停止了罵聲和哭聲。

小蘭的母親生孩子時，門虛掩著，小蘭從門縫裏偷看。倪蕊的母親生孩子，門大開著。倪蕊後來怪自己傻，不知道幫母親把門帶上，誰來都看得見母親生孩子。好在除了她，再沒有人來看，大人小孩都沒有。倪蕊不知道是村子的人看多了不感興趣，還是因為自己站在母親的房門口，充當了一個守衛。

要是母親有吩咐身旁的人把門關好，連倪蕊也看不著。那麼多血，染紅了床單，還有母親，疼得連搭在上身的單子都掀開了，腿朝著門口，毫無顧忌地大張著，雖然有英雄般無畏的氣勢，但倪蕊認為母親有點不知羞恥。倪蕊本來不想看生孩子的。有什麼好看的呢？除了血血血，除了喊喊喊，那場面充滿殘酷。孩子就是要殘酷地生，不然就生不下來。村裏的孩子多次叫倪蕊一起去看生孩子，她都拒絕了。但是母親的房門開著，使倪蕊不由自主，她想知道自己是從怎樣的地方出來的。當天晚上，倪蕊夢見一片血浪，向自己沖來。她嚇出一身冷汗，半夜醒來。倪蕊的家裏，兩張床放在一個房間裏，她與哥哥睡一張床，大妹妹去了外婆家，母親和父親睡另一張床。母親生下小妹妹的那個晚上，父親才從學校趕回來，高興地笑個不停。父親喜歡女兒。

母親並不是很高興。她想生兩個兒子兩個女兒。這樣的組合在村裏是最讓人羨慕的。特別最後一胎是個兒子，那更讓人羨慕。村裏人就會說，某某某真會生，那麼大年紀還生了個兒子，或者說，某某某真走運，最後一次還生了個兒子。母親覺得一個兒子，少了。

母親說男孩是旺家的，女兒是敗家的。她說這話的時候，從來不顧及倪蕊。她以為倪蕊和家裏別的女兒一樣，不敢計較她所說的話。

倪蕊很小的時候常常從夢中醒來，不是因為妹妹的哭聲。妹妹的哭聲倒是不能吵醒她，她是被自己的夢，被黑夜嚇醒的。由於她睡眠不好，臉色從小不好。

3.

母親在家是獨生女。她比她生的幾個女兒都漂亮。她的眉毛粗黑，眼睛又黑又亮。在幾個孩子當中，倪蕊最不像母親。她沒有母親的粗黑眉毛，她的眉毛是若有若無。她也沒有母親寬寬的臉，她的臉是瘦瘦的。兩個妹妹倒是有點母親的影子。大妹妹倪美有母親的寬臉，小妹妹倪麗有母親的眉毛。大哥倪軍是家裏最漂亮的孩子，他最像母親，母親最喜歡他。

母親沒讀什麼書，卻並不影響她自信。她自信她的長相和她一口氣生了四個孩子。倪蕊的外公家境殷實，在村裏數一數二，加上母親的美貌傳得遠，求親說媒的自然不少，母親都沒有動心。她只看上了一個人。那個人就在母親代課的學校教書，寫得一手好字，玉樹臨風，話不多，不常笑，給人的感覺不清高，很溫和，戴上眼鏡氣質就更好了，很是儒雅。那個人就是父親。他是正規師範畢業的，是國家正式老師，不像母親，是代課的，並且只能代一年級。父親可以從小學一年級教到高三。年輕的父親在待嫁的母親眼裏很完美，只是除了牙齒。父親上師範時，常常自己帶炒熟了的豌豆黃豆當糧食，他說他吃多了那些堅硬的東西，所以牙齒掉了兩顆。這掉了的兩顆牙齒，顯示著父親家裏的貧窮。母親並不計較。她對有才情的父親充滿希望。

母親的爺爺，倪蕊只在畫像裏見過。他不滿意父親，倒不是因為父親年紀輕輕掉了兩顆牙齒，父親掉的不是門牙，但也在比較重要的位置，一笑就會被發現，有損形象。也不是因為父親的貧寒。

父親去母親家做客時，母親的爺爺代表家裏的權威審查了父親。他沒有盤根問底，只是戴著他的老花鏡默默地觀察父親。父親走了以後，母親的爺爺說，這個年輕人坐著的時候老是不停地抖腿。根據他的觀察，愛抖腿的人心是浮的，心浮者缺乏人生最需要的堅定。他說父親靠不住，生活不順時會頂不住壓力。母親爭辯說父親很能吃苦，他是靠自己的毅力考上的師範。母親的爺爺則說，有的人吃過苦後就不怕再吃苦，有的人吃過苦就害怕再吃苦。他說男人一定不能懦弱，要不怕吃苦，越苦越樂才能生活好。說完這句話他就不再對父親發表看法。

倪蕊的外公外婆見了一表人才的父親，沒說什麼。他們也許覺得抖腿不算什麼毛病，只是一個習慣罷了。但是他們也沒和倪蕊的爺爺爭辯。他們不反對，倪蕊的母親就認為是支持的態度。倪蕊的外公外婆寵著倪蕊的母親，由著她去，只要她喜歡。

母親嫁給了父親。在出嫁之前，母親沒去過父親的家。愛情讓她忽略了這個環節。直到結婚，她才知道父親家跟她家是一個在天上，一個在地下。父親家裏幾乎沒有什麼傢俱，堂屋裏只擺了一張大桌子，唯一的一個房間擠了兩張床，廚房連個碗櫃都沒有，碗散放在一個板子搭的臺子上。父親家裏的牆是泥疊的，不像母親娘家，是磚砌的。父親家裏的地是土，母親家則是磚鋪的。最讓母親感到意外的是，父親家的隔壁搭了一個小屋子，那裏住著倪蕊的二伯。

母親看出倪蕊的二伯腦子有問題，還知道了二伯是跟著父親住。父親的薪水不多，養家尚且困難，還要多養一個能吃不能做的二伯。母親對此很生氣。新婚第一天，母親就和父親吵了一架。父親說自己的父親去了，他不照顧二哥誰照顧呢？母親說不是還有大哥嗎？父親說大哥不是沒有薪水嗎？大哥比他家更困難。母親還想接著說，被父親壓在身下，說不出話來。

窮困艱辛的生活像流水一樣，一點一點沖走母親的柔情蜜意和美妙的憧憬。她開始發生了變化。她嫁給父親以後，身份由以前的代課老師變成了地地道道的農民，於是她由溫柔的女人變成了潑辣會罵人的村婦。然後很多年過去，母親又從一個潑辣強悍的女人變成一個溫順的女人。

自倪蕊記事，她總聽見母親對生活的詛罵。母親用這方法緩解生活的壓力。

4.

每次父親回來，夜半時倪蕊就聽見父母的床持續的有節奏的抖動。這聲響，緊緊抓住從夢中醒來的倪蕊的耳朵。父親在的時候，倪蕊醒來的次數比平常多了。床的聲響以及母親光著下身開燈起床在屋裏的盆裏小解，都能讓熟睡的倪蕊醒來。不用誰告訴，每個人對性愛的聲音有一種天生的敏感。她覺得害羞，同時又感到驚奇。她父親結婚後，從外地調回，到當地鎮中學教語文。中學離家有十多里路。父親週末回來的夜裏，倪蕊一般把頭深埋在被子裏，希望不要聽到，聽到了能很快忘記。可是她沒有忘記，反而更敏感。夜裏父母只要有一點動靜她都知道。她聽著母親快樂的呼吸，她恨母親這樣的呼吸。母親為了快樂，當父親回來的夜晚，她就會把倪蕊從她的床上抱到哥哥的床上。她不喜歡和哥哥睡在一起。她害怕，她和哥哥各睡一頭，腳都挨不到一起，冬天的時候倪蕊很久才能睡暖和。常常感覺是剛睡暖和了就要起床。跟母親睡覺也是一人睡一頭，但挨得著母親，能感覺到母親身體的熱度。母親跟倪蕊的體質不同，母親一上床就暖和了，倪蕊卻不是那樣。

母親去地裏幹活了，父親走了，哥哥玩的時候從不帶上倪蕊。四歲的倪蕊一個人獨自在家，體會到了無聊。她跨坐在屋後的石頭門檻上，呆呆地想著心事。其實她那時的腦海裏並沒有存多少語言，所謂心事，這是一些她當時說不清楚的長大以後才明白的感覺。那感覺就是無聊和孤獨。小孩子無聊和孤獨是不好的，容易生事。

倪蕊坐在門檻上，抬頭看天上的雲彩。她喜歡看千變萬化的雲，雲讓她發揮想像。雲被風吹來吹去，變化出各種各樣的圖案，很有趣。她沒料到，一隻小狗經過。小狗伸出舌頭舔了一下女孩，帶給她一陣快感。她想起了床的抖動，母親的呻吟。她開始憧憬能擁有像母親那樣的快樂。

鄉下的生活，夏天最美。晚霞中，家家戶戶把竹床搬到院子裏，一盆稀飯，一盆紅薯或南瓜飯，一碗絲瓜蛋湯，幾碟自家種的小菜，豆角、黃瓜、茄子等，顏色純正，看著香，吃著香，香了多少輩人。村裏人的嘴唇有兩大愛好，一是吃飯，二是聊天。只要這兩個愛好滿足了，他們就很快樂。

大人們聚在一起幹活，摘棉花，打穀子，聊些讓孩子們驚奇又害羞的事，聊男女之事能讓他們幹活不累。他們說著說著，動作比劃著，相互調戲。那種成年人的玩笑，讓年齡稍大的孩子笑出聲來，膽小的孩子捂著嘴，偷笑。大人們就假意斥責：屁大點伢，知道什麼，幹活去。

幹活去，幹活去，手在忙著，心也忙著，想：男人女人，在一起真的那麼快樂嗎？

很明顯，鄉下是一個處處充滿著性資訊的地方，鄉下的孩子想不性早熟都難。他們也像大人們一樣，喜歡討論男人女人之間的事。他們說誰的媽媽奶子大，一定摸著很舒服。誰的媽媽屁股走路一扭一扭，難看死了。邊說邊模仿。

5.

倪蕊從不參與男女之事的議論。她只是在心裏好奇。她覺得這事很醜，她在家所聽到的所看到的都讓她有這種感覺。既然是醜事，就只能放在心裏了。怎麼能暴露呢？要是有一個人滿足她的好奇心同時又不會嘲笑她揭露她也不錯。

恰好有這個機會。倪蕊獨自在家的時候，傻蛋來了。傻蛋不是她的夥伴，她只有想像中的夥伴。可是她此時無聊，沒有玩具沒有圖書，也沒有父母的陪伴。傻蛋來了，她可以看他如何犯傻，她也可以擺佈他。

十歲的傻蛋真傻，當著倪蕊的面拉尿。倪蕊出神地盯著傻蛋拉尿的部位，有了摸一摸的衝動。這是她第一次看見男人的那個東西。雖然只是個小孩的。小孩的那東西也沒有什麼特別之處。不可愛，也不可怕。倪蕊看了一會兒，好奇心被噁心代替，傻蛋邪惡的表情讓她厭惡。這傻蛋，在這方面不傻，他知道用最原始的方法逗引一個女孩子。倪蕊轉身進了屋。她把一團準備隔著撫摸傻蛋的衛生紙揉成一團，丟得遠遠的。

當母親生下一個妹妹，又一個妹妹，便開始罵人。除了倪蕊的哥哥，她誰都罵。

母親罵人的話骯髒下流。那些話，令倪蕊憎恨又不敢言語。母親總是咒倪蕊和她的妹妹們死掉，咒她們的私處。這些話像釘子一樣釘進倪蕊的腦海中。倪蕊覺得自己一輩子都不會忘記。

父親在週末應該回家的。但是父親沒回。母親高聲呼喊著父親的名字，一聲比一聲急切，最後變成淒厲的哀號。家裏的狗回來了，豬和雞們都回來了，它們被母親震住了，不敢不回。當家裏的牲畜都睡覺了，倪蕊要負責清掃它們的排泄物，雞屎、狗屎還有豬屎，奇臭無比，倪蕊忍不住嘔吐起來。剛吐了幾下，母親的謾罵磚一樣砸過來：又不是大小姐，裝什麼裝。

半夜裏，倪蕊的父親回來了，輕一聲重一聲敲門。父親還在敲，門忽然開了，父親沒防備，靠在門上的身子一歪，差點摔倒。倪蕊的母親一邊扶一邊罵，喝喝喝，怎麼不喝死掉！

父親嘿嘿陪笑，不惱不怒。父親醉了就是這樣，脾氣出奇地好，母親說什麼也不頂嘴。母親一邊服侍父親睡下，一邊不停地罵父親。罵累了就伸手打，直到父親的鼾聲響起。

父親睡著了，鼾聲無所畏懼地此起彼伏。在父親的鼾聲中，母親忽然哭了，她一邊哭一邊數落：我怎麼這麼命苦啊？四個孩子，四個孩子啊！要喝我的血。死東西，你除了會喝酒你還會什麼？你怎麼這樣無能？如果不是爹爹（倪蕊的外公）幫忙，幾個伢怕連肚子都填不飽，還讀書，讀狗屁書。

憤怒又傷心的母親，把父親曾經吸引自己的才氣憤怒又傷心地忘掉了。

母親一夜未眠，倪蕊也一夜未眠。她很害怕。她怕母親夜裏的哭泣和父親酒醉的不尋常的鼾聲。這兩種聲音在寂靜的夜裏迴響，像鬼叫。倪蕊不敢睡著，怕做惡夢。她想問母親，累嗎？卻不敢。她想把父親從酒醉中喚醒，也不敢。她怕母親用哀怨又瘋狂的眼神盯著她，怕母親把氣撒在她頭上。後來，母親終於哭累了說累了，挨著父親睡著了。屋裏安靜了，倪蕊卻怎麼也睡不著。她的神經還緊蹦著。

倪蕊的哥哥倪軍回來，正碰見母親罵倪蕊，倪蕊哭，他學著女孩的哭泣。哥哥的模仿肆無忌憚，母親的謾罵肆無忌憚。倪蕊忍受著，委屈地哭著。她忽然停止了哭泣，看著哥哥笑了。她不想再當哭泣的小丑，不想哥哥和母親拿她的眼淚尋開心。她不理哥哥和母親，看著天空飄飛的雲彩，她覺得做一朵飄飛的雲真好。

6.

破敗的教室，最怕陰雨天。雨水從屋頂的殘破處滴下。地面形成一灘積水，倪蕊一不小心，滑倒在泥水裏。同學們哄堂大笑。倪蕊狼狽的樣子給他們帶來了快樂。老師過來了，他看見倪蕊的狼狽樣，也笑起來，他笑著說，你還穿新涼鞋？你爸爸有錢給你買新涼鞋，怎麼沒錢給你交學費？

倪蕊沒有說話，默默地從泥水裏爬起來，坐回自己的位置，低頭看著新涼鞋。這雙新鞋，是父親自作主張買的，因為他覺得它實在漂亮。母親當然又數落了父親一番。倪蕊不知道有多喜歡它，她的腳穿在裏面舒服極了。哪怕因為它受到老師的奚落。

一雙小手輕輕拉了拉倪蕊的長辮子。是肖摯鴻。

肖摯鴻對倪蕊小聲說，你看，老師的右手真難看。老師當著全班同學的面奚落倪蕊，他就幫著倪蕊回擊老師。他的回擊只能是悄悄的。只是這樣，倪蕊已經很感謝他了。

順著肖摯鴻的眼神，倪蕊望著老師幼童般大小的右手，心裏嘲笑著。不能用語言回敬老師，她就用眼睛藐視。她覺得老師最醜的還不是他那殘疾的右手，而是他背著右手，盛氣凌人說話的神態。

老師面對學生時，右手背在身後，將自己的殘疾隱藏起來。久而久之，他就養成了把右手放在背後的習慣，以至於他面向黑板寫字時，也把殘疾的右手暴露給了學生，學生們一個個不出聲地偷偷笑。他寫著寫著，忽然意識到了，趕忙把右手移到自己的身前。

老師用左手寫的粉筆字，據說很瀟灑。倪蕊不覺得。她不喜歡老師，老師的字再漂亮她也不欣賞。肖摯鴻也不喜歡。他和她結成同盟，稱呼老師「小手」。

7.

母親再罵倪蕊時會有顧忌。她不會想罵就罵了，她會控制自己。實在控制不了還是罵。

倪蕊長大了，她怕倪蕊記恨，她不知道倪蕊早就開始記恨。那些髒話那些惡毒的話，倪蕊的腦子記得很清晰。也許，是那些骯髒的話訓練了倪蕊的記憶。

母親養成了數落父親的習慣。母親數落父親的時候無所顧及。父親的言行舉止她都不放過。父親自從喜歡上了喝酒就不喜歡整潔了。他不愛乾淨，衣衫不整。特別是褲子，出門時要麼是一個褲腳高一個低，要麼忘了扣褲扣。母親當然不會放過父親的這些舉動，她不看就知道父親這樣。當父親要出門，她就頭也不抬地說：把身上弄乾淨！不要丟人現眼！父親聽了也不答話，他先是攏了攏頭髮，然後放了放褲腳，一屁股跨坐在自行車上，一走了之。

倪蕊小學畢業後，沒有上學區的中學，而是和哥哥倪軍去了父親的中學讀書。父親是初三的語文老師。倪蕊覺得父親的書還是教得不錯的，不然學校怎麼會讓他教畢業班呢？母親對父親的數落不可避免地在倪蕊的心裏撒下了有損父親形象的種子，這是倪蕊不想期望的。她已經在父親的學校讀書，就要尋找並承認使父親形象好起來的亮點。

倪蕊一個星期回家一次。大多時間她不和父親哥哥一起回家。這樣更好，她不喜歡和他們一起走，路上沒什麼話說，很是無趣。她喜歡獨自一人步行。學校到家裏的路程要兩個小時。這兩個小時，要經過一條美麗的小河、許多可愛的田地。倪蕊走在河邊和田野裏的感覺很好。早晨或黃昏時，河邊和田野邊常常空無一人，她就放聲高歌。她會唱的歌不是很多，想唱，她就信口編，自由唱。回家和上學的路途快樂又自由。

哥哥穿著母親做的新西服，在學校裏像一棵小楊樹耀眼奪目。倪蕊沒有。母親本來說要用同樣的布料給她做一件上衣的。後來說布料不夠。如果她只給哥哥做一件上衣也許就夠了，但她給哥哥做了一套新西服。母親說一套穿著才漂亮。倪蕊的衣服她以後再給做。倪蕊沒出聲，她心裏也想擁有一件和哥哥一樣的乳白色西服。她常穿的是一件軍綠色上衣，也是西服的樣子，是母親用一件借來的舊軍裝改的。也許是從小沒穿什麼漂亮衣服，長大後的倪蕊對漂亮衣服格外喜歡。無論多忙，無論多麼不開心，她都要把自己打扮得漂漂亮亮的。

童年的生活對一個人的一生，有著不可磨滅的影響。

倪蕊始終記得，在自己上初二的時候，母親為她做了一件荷葉領的綠襯衣。倪蕊把心裏的高興壓抑著，試穿這件新襯衣（她不想被母親說成小妖精，她要保護好穿這件衣服的心情）。

母親得意地看著倪蕊試穿她親手做的襯衣。倪蕊穿著很合適。綠色襯著倪蕊的臉色很柔和。母親忍不住說，真是一個……倪蕊適時地看了母親一眼，母親的話就說了一半。倪蕊不想聽見母親把讚美的話說成難聽的話。

倪蕊在學校成為了一個老師喜歡、學生羨慕的孩子。她的成績很好，母親預感到倪蕊將會成為一個有出息的孩子，就再不敢像過去那樣謾罵或詛咒倪蕊了。母親對倪蕊的好臉色沒有使倪蕊覺得親切起來。母親對倪蕊的大妹妹，依然數落，動不動就吼。大妹妹老實沈默，從不反抗，也沒有像倪蕊一樣的好成績，讓母親主動改變對她的態度。母親對孩子們的態度依舊不公平。母親對大妹妹的態度讓倪蕊想起她對自己小時候的態度。

8.

倪蕊獨來獨往，專心學習。她體會到了成績優秀的好處。有男孩給她寫紙條，約她見面，她不動心，她只是在心裏暗暗得意。她知道早戀一定會讓成績下滑。當她不是成績優秀的孩子，那她的日子就會難過。母親會像從前一樣對她，罵她鄙視她；老師也不會像現在這樣寵著她，同學們更不會羨慕她。有一個男生，是倪蕊所欣賞的，也用眼神表示過對倪蕊的喜歡。倪蕊想，假如她的成績不好了，他是不會再喜歡她的。就這樣默默的淺淺的喜歡反而很好。後來一個大臉盤胸脯發育很好的女孩子勾引倪蕊欣賞的男孩。他居然上勾了，跟她眉來眼去。倪蕊知道了也不難過。她輕鬆地停止了對他的喜歡。

半夜，很黑。同室的八個女孩睡著了。倪蕊忽然醒了，她被自己的夢話驚醒。她發現自己在夢裏喊的是，傻蛋的名字。

倪蕊驚奇自己的夢境。怎麼能讓一個自己討厭的人出現呢？她坐在床上想，怎麼會這樣呢？她已不見他多年，她從未想起他。她以為自己忘記了小時候那些無聊的時光，低級的趣味。原來那些時光跑進了夢裏。這個傻蛋，還會不會當著別人的面掏出傢伙撒尿？

倪蕊交了一個朋友，那女孩叫嬌嬌。班主任對倪蕊說，你看那個嬌嬌的屁股幾大喲，她是不是懷孕了？倪蕊覺得班主任的話很惡毒，她怎麼能憑一個女孩的屁股大小就胡亂猜測女孩是否懷孕了呢？她怎能隨意毀壞學生的名聲呢？就算嬌嬌有早戀的跡象，也不至於那麼膽大做那事吧？

對班主任的反感和對嬌嬌的同情使倪蕊走近了嬌嬌，嬌嬌求之不得。倪蕊是班裏的優秀生，孤傲，卻主動親近她，這讓她受寵若驚。班主任不喜歡她她是知道的，但她不知道班主任那樣中傷她。倪蕊沒有告訴她班主任的話，也沒有問她有沒有懷孕，她相信她。

嬌嬌瘦了，屁股變小了，班裏又有了關於她墮胎的傳言。真是無聊，倪蕊想。看來這個嬌嬌有很多事，是個麻煩的人。倪蕊放棄了與嬌嬌的交往。她有更重要的事情要做，要考學校了，倪蕊報考的是省裏的師範學校，她一定要考上。她首先要順利通過面試。

穿著借的錢買的紅背帶裙，白襪子，白鞋子，倪蕊在父親的陪伴下來到了城裏。父親怕倪蕊不能通過面試，想找曾經的學生說情，他把幻城學院走遍了，也沒找到昔日學生的住所。可能他調走了吧？父親自言自語。

倪蕊沒有安慰父親。她覺得父親辦事就是這樣，不夠穩妥。她沒有告訴父親，自己並不害怕面試。

倪蕊十四歲的時候跟父親沒有什麼話可說。父親隨著兒女的成長而變得沈默怪異起來，她也習慣了父親的沈默。父親不說話，倪蕊也不說話，擠在一千多人的面試現場，倪蕊很興奮。人越多，她越有激情和信心。她望著這些人，只有父親是認識的。她忽然對父親恢復了親切感，她恍然想起父親是疼她的，小時候父親要去大城市就只把她帶著，讓她見識了城市的美好。

在剩下的三天時間裏，父親和倪蕊頭一次說了很多家常話，每天至少說了十句。在這三天裏，倪蕊想的最多的不是如何通過面試。她把要表演的舞和唱的歌都練熟了，只要臨場發揮好就可以了。她想的是父親怎麼變得這樣沈默不愛講話呢。這是個複雜的問題。她發現自己想不明白。她不知道自己若干年後依然對這個問題上心。父親死了，她還在想。甚至不惜寫一個長篇小說。或者只是為懷念父親？當時她簡單地想，一個人如果在社會上不如意，家裏又受氣，那他一定就會沈默起來，父親也許就是這樣。當父親調到一所幾乎閒置雜草叢生的農校，他越發愛上了喝酒，他沉迷於醉酒的感覺。父親醉酒有兩種情況。一是躺著睡覺，身旁即使有再多的人，他也可以死一般沉睡，鼾聲自由地起伏。另一種情況就是找人說話。父親醉了後話很多。別人也願意跟醉了的父親說話。父親醉了後說話很有趣能給別人帶來快樂。不過父親即使醉了，也決不找他平時瞧不起的人說話。

父親看不起很多人，也被很多人看不起。包括母親。

9.

終於輪到倪蕊面試。父親在門外等著，他很緊張。一副聽天由命的表情。假如倪蕊考不上，像她的哥哥一樣只能靠他到處找人，讀一個普通的職高，他會更喪氣。

倪蕊不緊張。她是那種外表柔弱內心自信和狂放的女孩子。她志在必得。

她先是跳了一曲兒童舞《春天》，她用了有生以來她認為是最自信的微笑。這自信的笑容是她學習電視後通過在鏡子模仿練習而得來的。她認為自己發揮得很好。至於唱歌，那是她的強項，她從小就愛唱歌，一個人的時候，她經常唱歌。現在有人欣賞，她當然唱得更帶勁。

倪蕊看見考官笑了。那是情不自禁的笑。

面試完了，她走出考場，迎接她的是父親開懷的露出缺齒的笑。父親已經很費力地透過門縫偷看了倪蕊的表演，他當然看清了考官的微笑。父親的笑赫然讓她發覺，自己和父親其實是驚人的相似。自己的眼睛，自己的鼻子，還有自己那漠然的眼神，像極了父親。不過父親鏡子般反映了那眼神的不好，使倪蕊知道調整自己，讓自己成為一個熱情的人。

父親不隱瞞自己的好和不好，他讓我清晰地看見，從而決定做怎樣的人。倪蕊想。

第二章 桃紅青春

1.

倪蕊如願考上了省裏的師範學校，母親給她織了一件紅色的毛褲當作禮物。在倪蕊的記憶中，這是母親第一次為她織衣服。這遲到的珍貴的東西倪蕊卻不想穿。她已經習慣了母親的冷漠，母親忽然溫情起來她很不適應。她說毛褲太厚了，我的腿粗穿著更顯粗，難看。再說武漢又不冷，用不著穿這麼厚的毛褲。母親不生氣，她用耐心緩和著和女兒的關係。她又為倪蕊做了一雙黑色的棉靴。這棉靴在城裏顯得土，不過晚上穿著會很舒服。倪蕊就把母親做的棉靴帶到了學校。母親很高興。倪蕊卻依然在心裏拒絕母親。她還記得小時候母親對她的毒罵。她看見母親對妹妹依舊沒有耐心。她知道母親依然不是個溫柔的母親。

倪蕊說什麼，母親也不反駁。即使倪蕊當面頂撞她，她也不生氣。倪蕊知道這都是因為自己考上了學校。假如自己沒有考上，母親會像對待妹妹一樣對自己，雖然不像過去那樣動不動就罵，但是她的嘮叨她的那種漠視人的表情還有她的歎氣，都讓人難受。母親怎麼能這樣呢？

母親對倪蕊，就像從前對哥哥一樣。改變了態度的母親，常常令倪蕊懷疑：這是我的母親嗎？

倪蕊看著歲月改變著母親，也感覺歲月改變著自己。

倪蕊的父親來了，灰頭灰臉，曾經的教師形象徹底沒有了。父親每次來看倪蕊，總是帶著難得的笑容。看得出他還滿意倪蕊的學校。倪蕊知道父親醉酒後曾經向他的酒友們吹噓過自己。他說他的女兒在一千多人裏是多麼勇敢，面試的時候很沈著，主考官當時就笑了。也許因為父親的炫耀，倪蕊每次回家都能受到鄉鄰們前所未有的熱情和尊重。父親認為倪蕊就是自己的傑作。他終於有了一個傑作。如果每個孩子都不成器，父親會更加消沉。後來，父親去世後，倪蕊真的為自己能成為父親的驕傲而努力著。她先是成為一個當地很有名的音樂教師，然後下定決心，放棄做校長的目標，選擇當一個作家。

父親來看倪蕊，順便買自己需要的資料。父親一直喜歡畫畫，他的毛筆字也相當不錯。他從沒說過想當書法家或者畫家，倪蕊是從父親平時的愛好發現他有這兩個夢想。為了心裏的夢想，父親很努力地練字和畫畫，一直到天命之年。倪蕊有著近乎虛幻的夢想並為之努力，這稟性繼承了父親。父親練筆不止，可惜後來他未能如願就去了。

倪蕊說陪父親逛書店。父親聽了又出現收不回的笑容。父親也許因為笑少了，所以笑起來時比別人笑得久。

他們來到最大的圖書城，繁多的書讓父親不知所措。他這本看看，那本瞅瞅，像個孩子。然後又輕輕地放回原處，生怕弄壞了，仿佛書不是紙做的而是瓷做的。

倪蕊默默跟著父親，觀察著父親。十四五歲的她對書並不感興趣。當然更沒有寫書的夢想。

在一本《花鳥繪畫全集》，父親停下了腳步，他看了很久。倪蕊知道父親喜歡這本書。她知道父親擅長和喜歡畫花鳥。家裏掛的畫也都是父親畫的花鳥。有了這本全集，父親會畫出更多的花更多的鳥。二十元錢，也不算貴。

父親反覆掂量。他看看書裏的內容，又看看最後的標價，心裏權衡買這書值不值。

父親看了很久，最後放下了。他說，這書也沒什麼特別的，還賣這麼貴。裏面的東西我都差不多會畫了，我們走吧。父親走得堅決，害怕一回頭就被吸引了掏出了二十元錢。倪蕊緊緊跟著父親，想說這個月你不給我八十元，只給六十元就好了，你把書買了吧。可是父親在人群裏走得很快，倪蕊找不著機會說。

就這樣，下了很大決心買資料的父親，空手走出了圖書城。

父親回家的時候，不像以往的慣例給倪蕊八十元，他多給了二十元。

握著帶有父親體溫的一百元，倪蕊目送父親遠去的身影，淚水終於淌下了。這是她生平因為感動而哭。過去她因為害怕哭過，因為受委屈哭過，因為著急哭過，就是沒有因為感恩哭過。

倪蕊想把對父親的感恩表達出來。她想寫封信，提起筆卻不知寫什麼——寫自己的真情她很不適應。她發現自己慢慢繼承了父親的沈默，父親何曾對倪蕊說過他愛她？他對她的關愛無聲，隱藏。

一直等到倪蕊三十六歲，父親去世十二年了，倪蕊才想到應該怎樣回報父親的愛。那就是努力做一個傑出的人，讓父親挺直腰桿，他會在母親的夢裏告訴母親，怎麼樣，最像我的蕊蕊是真的不錯吧？

2.

倪蕊上的那個師範學校，男性很少，男教師自然珍貴。倪蕊的許多同學暗戀老師，並且暗戀的對象是同一個人。有的女孩不滿足於暗戀，把老師堵著，遞紙條。被暗戀的老師為了證明自己的清白，把這紙條的內容廣為傳播了。這情形還算好的。有一個同學，暗戀達到了走火入魔的地步。大冬天在她心儀的老師的課堂上，竟然渾身燥熱脫外套，脫毛衣，當剩下最後一件內衣時，同桌才猛然意識到她要幹什麼，連忙一聲吼，驚爆了課堂，喚醒了她。

倪蕊覺得暗戀是沒有意思、浪費人時間精力的事情，也是好笑的。她才不會幹這樣的事呢。她寧肯無所事事做白日夢。

一群女孩子，在缺乏異性交往的環境中，一個個放肆又變態。倪蕊和別人不同之處在於，別人是行為放肆，她的放肆放在心裏。別人也許是暫時的，她也許是長久的。

倪蕊覺得在自己的身體深處，湧動著一種火，讓她好難受，焦灼、不安。集體生活使得她常常不能順利地獨自採取行動，撲滅這把火。白天，她心神不寧地融入集體活動，陪他們笑、說話，其實她的大腦正分塊行動。一塊管說，一塊正管著幻想。到了夜晚，同室的女孩都睡著了，她偷偷幹著讓自己快樂、安靜的行當，並不以為恥。

有一天熄燈之後，一個女孩終於帶了頭，聊起了男女之事。她們猜測做愛的感覺，憑自己的猜測形容著。

你知道做那事的感覺嗎？那個事真的欲仙欲死嗎？一個女孩問倪蕊。在她的眼裏，倪蕊是深沉的、懂事的、早熟的。

倪蕊心裡說，我知道，我很小的時候就知道，那個事很快樂，快樂得讓互相討厭和怒罵的人相擁在一起，然後互相利用對方的身體，不知疲倦並且永遠不夠。倪蕊想到了父親母親。父母親夜裏的聲音一直伴隨著她的夜晚，讓她的夢中斷，直到她離開家上了師範才結束。同學的問話忽然讓她回想起了床和器官戰爭的聲音。這聲音讓她討厭。她討厭它們，又深深記住了它們。它們像魔鬼一樣偷偷藏進了她心裏，一點點刺激，就使得它們冒出來。

倪蕊不能理解母親既然能愉快接受父親的身體在自己的體內，為什麼就不能接受他在自己的眼睛裏，為什麼會看不慣父親，會在兒女們面前誹謗父親？是的，那個事很快樂，快樂得讓人暫時忘記一切。

女孩們期待倪蕊的回答。

倪蕊沒有說，我怎麼知道那個事呢？我又沒有做過。她知道同學們沒有懷疑她不是處女。她們只是寄望她能具體地描述，她們知道她善於想像表達力又好。

如果沒有想起父母親，如果沒有想起他們在夜裏弄出的聲音，倪蕊會好好形容一番，讓女孩們聽得過癮。但此時她沒了興趣，她淡淡地說，那個事嘛，有什麼呢？無非是生殖器和生殖器的碰撞。沒有愛情的人做了也白做，一點也不快樂。

女孩們聽了大失所望，這話太沒意思了。她們失望地哎了一聲，翻個身，睡著了。

3.

倪蕊睡不著，她的腦海裏浮現一幕場景，那時她三歲。本來她是和母親睡在一起的，半夜裏卻發現睡在哥哥的床上。她很不開心。相比哥哥，她喜歡和母親一起睡，母親的身體很暖和。

倪蕊正準備起床，在房間的小盆裏小解時，她看見母親下床了。母親光著下身，噓噓噓地很響地蹲在小盆邊小解了，然後鑽回了被子。

倪蕊不敢下去了。她怕她那時下去小解就會被母親知道自己看見了她，第二天她會找茬罵她。

倪蕊想，母親應該穿條褲子，至少應該穿條短褲吧。她以為孩子看不見，她也許根本就沒有考慮會不會被看見，就像她敞開房門生孩子一樣。母親有時候能把羞恥完全放下。

母親不注意，父親也不注意。倪蕊五歲時，父親把她帶到學校。白天父親上課，把倪蕊一個人丟在寢室。倪蕊無事無聊，就看窗外。窗外的天空雲彩很美，變化無常讓倪蕊盡情聯想，倒是消磨了很多時光。窗外的空地上，常常出現幾隻雞，他們在倪蕊的眼前吃食、交配，讓倪蕊驚奇又害羞。到了夜晚，父親才有空陪倪蕊。他帶倪蕊逛夜景，晚上抱著倪蕊睡覺。倪蕊睡在父親的懷抱裏很溫暖，她能聞到父親身上的男性氣味。只是她的腳不敢隨便動，一動就會蹬到一團柔軟。父親也不躲，他裝作不在意。他以為倪蕊也不在意。倪蕊知道那是什麼，對父親的敬畏使得她不敢隨便亂動，她常常收起腳，不翻身不動，睡眠倒是不錯。父親的溫暖讓她很享受，同時化解了碰到父親那裏的尷尬。

倪蕊的記憶裏最害怕的是冬天，同時，最深刻的也是冬天。

家裏添了一個妹妹，又添了一個妹妹，父母就不讓哥哥和倪蕊睡了。父親給哥哥在堂屋隔了一間小屋子，裏面剛好放下一張床。三個女孩睡在一起，比較容易暖和，但新的問題來了。每每第二天清晨，倪蕊就會檢查，床上有沒有死去的蝨子。

4.

一直到師範，倪蕊的頭上才沒有蝨子，床上也沒有，城裏的冬天不是太冷，冷了就為自己灌一個熱水瓶子。

到了夏天更有趣了。女孩子們一起到浴室洗澡，嘩嘩嘩用冷水從頭沖到腳。注意點的女孩子穿上衣服回到寢室。膽大的直接光著身子好像走秀一樣回到寢室。女寢室裏這種精彩節目，很快傳出去了。在洗澡的時間，竟然有男同學男老鄉來宿舍找人，於是，走廊裏便不時爆發驚叫聲。洗了澡光著身子回寢室的女孩被男的看見了。

但膽子大的繼續膽子大，膽子小的就收斂了，不再偷懶。洗了澡至少穿個胸衣什麼的。倪蕊觀察了一下，那些膽大的都是發育好的女孩子。

那些發育好的女孩子，一個個自信並且衝動，得不到性的撫慰，來一點刺激也是有意思的。她們被人看見了三點，表面上裝作無辜甚至哭了，其實心裏正滿足呢。下一次洗澡又光著身子從浴室出來。

倪蕊是不會給別人看自己身體的機會。她沒有引以為豪的大胸，至於細腰，女孩們早就不推崇了，因此她的身體可以說是根本沒有炫耀的資本。女孩們談論時，都會一致攻擊那些發育好的，說她們的那個，好羞哦。

有一天倪蕊發現自己的身體流出了烏黑的血，嚇了一跳，連忙看校醫。

校醫是個阿姨，慈眉善目，態度好得讓倪蕊勇敢地述說了自己不規律的月經。

校醫檢查了倪蕊的胸，笑了一下說，還沒發育好呢。倪蕊心想我早就發育好了，我就這樣了。校醫又讓倪蕊躺在床上，說要檢查她的下身。倪蕊紅著臉問：怎麼還要檢查這裏？

傻孩子，不用怕，我只是看一下，不動你。校醫的和善讓倪蕊勇敢地脫下了褲子，躺在了床上。若干年後倪蕊想，要是所有的婦科醫生都像當年的那個校醫，該多好啊。

你洗澡是用淋浴還是用盆子洗呢？校醫溫和地問。

淋浴。

這就奇怪了，小姑娘怎麼會有這樣……炎症呢？校醫的語氣依然溫和，你用的是冷水還是熱水？

用冷水啊。

傻孩子，媽媽沒有教過你，女孩子是不能用冷水洗澡的？用冷水洗澡，會讓你得炎症，還會讓你月經紊亂知道嗎？我這裏只有治療炎症的藥，回家讓媽媽給買調經的藥好嗎？

倪蕊點點頭。

倪蕊吃了校醫的藥，沒幾天下身就乾淨了。她也不再用冷水洗澡，拎著一個開水瓶，去鍋爐房打開水。她靜靜地等待，不爭不搶。看著有的女孩為打開水打架，她覺得不可思議。大家有的是時間，何必爭這幾分鐘呢？

杯子端起來，乾了吧，乾了吧。明天我們就天各一方，不知何時再相見。

5.

倪蕊三年的師範生活隨著她白日夢的行進一晃而過。在這三年裏，學業對於倪蕊而言過於簡單，她輕鬆應付之餘，自然剩下很多無聊時光，無聊的時候她就想，我怎麼會這麼無聊呢？我應該幹些什麼呢？那時她也動筆紀錄一些文字，但那些文字連她自己都看不下去，於是她就撕掉。撕掉了又重寫，寫了又撕，不厭其煩。最後沒有一篇像樣的東西留下來。她也不覺得是白寫不划算。反正是消磨時光，只當練字。她的作文，倒是常常得到語文老師楊根玉的表揚。楊根玉老師是個男的，有著女人的名字，女人的聲音，女人的步態，總之，一個女性化的男人。

楊根玉老師總喜歡趴在倪蕊的桌子邊，跟她單獨分析文章。他想讓倪蕊參加文學興趣小組。他邀請倪蕊去他的宿舍，他要進一步跟她詳談。

倪蕊猶豫著要不要參加文學興趣小組。楊根玉老師過於陰柔，倪蕊不喜歡他，因此也不喜歡由他負責的文學興趣小組。她尤其怕看他習慣把手插在屁股後面的褲兜裏。她分析他之所以這樣，是為了掩飾他那過於瘦小的屁股。當倪蕊把她的分析講給室友們聽時，她們由衷地讚歎說，哎呀，你說得太精闢了，他就是為了掩飾他的小屁股，他這個動作真噁心！

倪蕊忍不住對室友說出了楊根玉老師的邀請。

呀，他喜歡你！一個聲音讓倪蕊倒了胃口。

小心，他讓你去宿舍圖謀不軌。你從他宿舍出來，那就是給別人製造輿論了。到時候你心軟，想輿論都出來了，就認了吧。那他三十好幾終於找到女朋友了！這聲音更可怕。倪蕊知道學校的幾對師生戀都是輿論牽的線。

你們說的有道理，本來我也不很想參加他的興趣小組。至於去他宿舍，我更不想，聽他講話看他的樣子我難受。

這就是倪蕊三年師範生活唯一的跟戀愛有關的事情。最後以楊根玉老師輕輕地一聲「哦」和「沒關係」結束。

杯子端著，流著淚，向逝去的時光告別。倪蕊哭了，對未來的害怕多過對師範生活的留戀。在這裏，她雖然沒有特別要好的朋友，她只是跟所有人都過得去，她既沒有跟人好得睡一張床，也沒有跟人吵架。她跟同學淡淡的，很舒服很自由的關係，沒人打擾她，也沒人欺負她，最重要的是，這三年的夜晚，她很少失眠。夜晚燈熄了，她從沒有害怕過。可是以後，會是什麼人和她共事呢？他們能容忍她這樣的個性嗎？

「對不起，那次我冤枉你了，箱子裏的錢，被我放錯了地方。後來，找著了。我，我不該怪你。我想找機會跟你說清楚的，一直沒這個勇氣。」

聽到這樣的話，倪蕊抬頭望著這個胸脯發達男老師很喜歡的同學。她的名字——豔，充分顯示了她的特點。只有她，被同學暗地裏榮幸地稱呼為——女人。她洗過澡後，竟叉開雙腿讓她的好朋友看她的陰部是什麼顏色，是黑色還是粉色。她的好朋友違心地說是粉色。同室的女孩聽了在心裏呸了一聲，還粉色，恨不得全黑！她甚至媚叫著讓一個酷似男生的女生壓著她，她說要體會被男人壓著的感覺。大家看著她那個瘙樣，都開心又噁心地笑了。

叫豔的女人把錢放在箱子裏，沒上鎖，後來發現錢不見了。她對班主任說是獨處在寢室的倪蕊幹的。

班主任是個男的，他當然同情豔。他要英雄救美，找倪蕊談話，他開口就說：豔的錢不見的那個下午，你一個人在寢室嗎？

那天我的確一個人在寢室，但我在看書，沒動她的箱子。對了，我給你出個主意——你找公安來查吧，公安一定會查出來的。倪蕊輕蔑地看著這個不到一米六的男人。

倪蕊以為班主任真的會找公安查自己，她等著。兩個星期過去了，沒動靜。她忍不住問班主任：你找的公安呢？

班主任閃爍其詞：這是小錢，用不著那麼誇張的。再說，我又沒硬說是你，你幹嗎不依不饒？

什麼叫不依不饒？你問我就是在懷疑我，懷疑我就應該調查我。

好了好了，實話告訴你吧，她的錢找到了，是她自己記錯了地方。

這個女人——倪蕊在心裏想，竟然不跟我道歉。她以為豔以後會找機會跟她道歉，然而三年過去了，直到快分別了，她才道歉。幸好我沒把這事放在心上，依舊快樂地自由地過我的日子，做我的白日夢。

「我根本就沒計較你。既然沒計較，就用不著說原諒，只要你自己原諒自己就好了。」倪蕊淡淡地對豔說。

豔楞住了。她聽不懂倪蕊的話，呵呵嬌笑：我敬你，希望你以後成為——校長。

倪蕊回敬豔：永遠豔麗。

三年滑稽、孤獨的師範生活隨著幾杯酒的下肚，草草結束。

倪蕊開始學著好好說話，真誠微笑，是成為小學音樂老師的時候。

思維被孩子們領著，一會在天，一會在地，心情被孩子們牽著，像美麗的風箏，飄飛在藍天裏。一個大孩子，帶著一群小孩子，有的是莫名的歡樂和神氣。

6.

這個年齡非常渴望愛情。無時不刻地想，走火入魔。對愛情的幻想佔據了倪蕊發呆的所有時間。她先是有意控制，控制不了就說服自己：比起同事們隨便和慌忙去相親，不影響工作的幻想不要緊的。這時，倪蕊開始認真地寫詩。她用詩幻想愛情、鼓勵愛情。她慎重寫下這樣的詩句：見到你的時候，我的石頭般的心，忽然開花。你在陽光下，你在月光下，你在一切有光的地方，那麼明亮，給我希望，你就這樣指引我找到你。她自我陶醉，毫不懷疑。倪蕊把這首詩工整地寫好，放在隨身攜帶的包包裏。

倪蕊盼望詩中的「你」出現。愛情果然沒有讓她失望，如期而來。

他的名字，其實從七歲開始就播種在倪蕊的心裏了。

在候車室，分別多年的他忽然從天而降，坐在她身旁。感謝身邊的空氣，使他身上的電流緩慢地恰到好處地蔓延到她的體內，讓她暈眩。

倪蕊心說，就是他了。這輩子如果上帝要指派一個人，成為我的另一半，當他出現，不用上帝明示，我就會感應到他，深信不疑。

哪怕上帝對我說，不是這個人，你的感覺錯了，我也會堅持自己的想法，不惜與上帝作對。

當他來臨，不用眼睛找尋。

他坐在倪蕊的身邊，倪蕊身體的每一處都像春天的小草一樣生機勃勃——努力表現，提早開花，芬芳可愛。

愛情真是好。既可以給人補充能量，使人精力充沛，又可以如水般滋潤人，讓人散發美麗。沒愛的人，吃了飯也沒勁；有愛的人，不吃飯也有勁。

車就要開了，他把手攤開，倪蕊把自己的聯繫方式寫在他手心。

他小心把手心收好，卻不急於把地址回寫給倪蕊。倪蕊也不急，她知道他會給她寫信，不會讓彼此擦肩而過。

當他的背影離去，倪蕊的眼前浮現出小時候他的模樣。

這感覺很好，倪蕊在心裏感激命運的安排。原來他，不是突然而來，他早就出現在她的生命裏，幫助她，鼓勵她，讓她孤獨的童年有力量，有溫暖。

肖摯鴻。當倪蕊小學三年級穿新鞋受到老師的奚落，是他與她站在一條戰線上，與老師無聲抵抗。他用自己小小的手握著她的手，他輕輕地拉她的長辮子，輕輕地陪她說話，安慰她。

那時，兩個人是班上最聰明的孩子。兩個人互相激勵，決不互相干擾，只是小學畢業後，兩個人沒有到同一個中學讀書。這樣也好，沒有負擔，只留下美好在心裏。那時候，她可承受不了感情的壓力，她只需要感情的動力。恰好，他們給於彼此的就只有動力，沒有壓力。

一別六年。

倪蕊攤開紙，拿起筆想抒發心中的感情，可是卻不知寫什麼，思維短路。想像不夠用，只能傻笑，寫他的名字：肖摯鴻、肖摯鴻……

7.

肖摯鴻的信從北方的大學裏飛來了。字字句句，沿著倪蕊的視網神經，魚一樣游進倪蕊的心。

每封信，倪蕊最愛看的是信的末尾。那裏有他的名字。這個名字，被倪蕊的眼神和撫摸喚活了，舞動著、舞動著，變成一隻只有血有肉有溫度的溫軟的手，撫摸女孩的心。

電視本來不精彩，和他一起看就精彩了；飯菜原本不香，和他一起吃就香了。日子原本很平淡，有他一起就神奇了。

寒假到了，他回來了，倪蕊最喜歡依偎在他的懷裏。她卻不知道她的這種喜好對他是種折磨。

肖摯鴻引著倪蕊把手伸進他的胸膛裏，撫摸、遊移，左、右、上，最後向下，溫暖，挺拔。倪蕊握著它，感覺握著一把鑰匙。

以後，它就是你的，我就用它打開你，鎖著你。肖摯鴻附在倪蕊的耳旁輕聲說。倪蕊滿足地點點頭。手中鑰匙化成一隻精靈，頑皮地有節奏地在她手心跳舞，她歡快地進入了夢鄉。

倪蕊在他溫暖的懷抱裏甜美地睡到天明。

第二天清晨，倪蕊發現自己一整夜睡在肖摯鴻的懷中，臉紅了。在神聖的愛情面前，倪蕊忘記了自己曾經對性的渴望。忘記了自己曾為他性幻想很多次。他回來了，就在身邊，她卻沒想到要和他做愛。不做愛就已經很快樂了。

肖摯鴻走了，又去了遠方的大學，他們又只能等到放假才見面。對肖摯鴻的思念，讓倪蕊變成一個勤苦的詩人。她夜晚寫詩，從黑夜到黎明，她白天寫詩，從黎明到黑夜。想他寫詩，寫詩想他。每個標點每個字，浸著她的淚她的笑她的歌她的祈禱，她的吶喊她的呻吟。她知道相比見面，她的思念更瘋狂。她忽然發覺自己是那樣迷戀思念。她甚至想像，有一天，她變成一顆星星跳到他床前，對熟睡的他訴說思念。有他的地方，就是天堂。

過多的思念成了催生劑，啟動了倪蕊的慾望。在一起，倪蕊要不斷感受他在身旁，不斷傾聽他在耳邊。在一起，在一起……怎麼他的身體那麼讓人渴望？愛情什麼時候悄悄加了叫作激情的酒麴，再見面，會醉倒。

如果愛我，請愛我小巧的乳，細細的眉和嬌弱的身體。我要用我虛弱的身體，全身的力氣來愛你，承受你。如果愛我，請接受我的誓言，我的等待，我的囉嗦的絮語。請讓我為你受苦，受這份愛情的苦，幸福的愛情的苦——從苦到甜的愛情是幸福的，我決不要從甜到苦。還有，請準備接受我的貪婪的慾望——請給我愛你白髮、皺紋和蹣跚步履的機會吧。

8.

夏夜，肖摯鴻回來了。世界還是老樣子，世界又不是老樣子。月光下，倪蕊在肖摯鴻的身下。愛情因了思念的多樣，不斷變換姿勢。他的親吻，像火一樣，燃燒了倪蕊薄薄的裙子。

你要變成我的，我要變成你的，夏夜多美好，只剩下你和我。風輕輕的，攜帶著花香和音樂，遠方燈光忽明忽暗，夢要來了，憧憬的夢要來了。夢重裝而來。

父親回來了。母親看見了父親，依然指責。母親看父親的眼神，不如看家裏的貓和狗溫柔。倪蕊不理解母親，她能夠用心地和父親做愛，怎麼不用心地看父親呢？

倪蕊奇怪此時自己怎麼會想到父親母親，也許她只能拿母親做參照了。她的性的渴望，一定不要像母親一樣，與愛脫節。她的性，一定要讓愛伴隨。

當火車唱著單調的歌，離別的人開始落淚，只是小別，只是三五個月，他就會回到身邊。明知他會想著她，就像她想著他，愛情很穩妥，不會從手中滑落，像上了鎖一樣。倪蕊還是很勤苦地思念，她發現自己越愛越惶恐，她告誡自己不要擔心，愛情遲早會完全永遠地屬於她。

肖摯鴻寫來的信，倪蕊看了又看。早就記得很牢了，恨不得會背了，卻一再地在週末躲在屋裏，不逛街，買幾個番茄幾個煮熟的雞蛋，週末就專門地想他，反反覆覆讀他的信，然後抒發心中的愛情。沒有一絲風，窗簾緊閉，不需要春風和陽光。她所需要的春風和陽光都在他的信中，很多個週末就這樣度過。他走路的樣子，他吃飯的樣子，所有的樣子在她腦海裏經典重播，緩解對他的思念。

洗澡的時候，曼妙的身體在鏡子的注視下逐漸升溫。她告訴自己：洗澡時千萬不要想他，想他就有一把火，把自己燃燒，這火水都不能撲滅。

夜晚，人們熟睡的時候，花兒綻放的時候，月亮歌唱的時候，風兒舞動的時候，潔白衣裳的愛神小天使，遇見火紅衣裳的慾神小天使，兩個天使互相爭吵，打架，卻又互相愛慕和渴望。

倪蕊願意為愛做一個不高明的詩人。她看著自己寫的給愛的詩，那樣平實直白，好像嬰兒的哭泣和歡笑。她想對肖摯鴻說：你知道嗎？我就是一個愛的偽裝者，對你的思念，早就讓我不能自已。我現在只想赤裸地面對你，讓你看清我的皮膚我的毛細血管，有多麼愛你。愛情的火，把我燒乾。我渴望，你變成雨點，為我愛情的慾望的身體解渴。你的雨點，將滲透我的每一寸肌膚，直抵骨髓。

我知道，愛把我關押。它控制我的呼吸我的行動，我每走一步，感覺它潛伏在我的腳步我的心臟我的目光之中。我像一個聰明的盲人一樣，靠感覺行走。

我是一個幸福的愛情的盲人。

夜夜，你在我的睡夢中，我在你的睡夢中，我們的夢共通。我們隔著萬水，睡在兩張床上。可是愛讓兩張床，兩雙拖鞋，兩個枕頭，長了翅膀，飛向彼此。

第三章 還是結婚吧

1.

肖摯鴻睡樓下，倪蕊睡樓上。分別五個月的戀人，苦守著婚誓，要等到結婚的那一天，把完整的自己交給對方。那一天，要等到肖摯鴻大學畢業。

可是兩個人漸漸等不及，先是肖摯鴻等不及，接著是倪蕊。

一個月夜，兩個人在田野裏散步。月光如水，田野裏蛙聲陣陣，一縷縷香甜的夜風輕輕吹拂著，似乎在說：今天多美妙啊。肖摯鴻坐在一片草地上，把倪蕊抱在腿上，他咬著她的耳朵說：我想要。倪蕊一聽，心中又驚又喜，愛的人想要自己，光這想法都讓人陶醉。她很羞，故意問：要什麼啊？肖摯鴻此時要她的勇氣很大，他清晰說：要你！說完脫下衣服，把衣服鋪在地上，說：這神聖的軍衣將見證我們神聖的結合。

倪蕊看著他一系列的動作，很感動。他看到了肖摯鴻的慎重和誠意。

來，躺下。肖摯鴻把倪蕊放倒在衣服上，倪蕊好奇又忐忑地任隨他動作。她發現此時的好奇多過情慾。肖摯鴻順著倪蕊的嘴一直吻下來，她感到肖摯鴻在褪她的裙子。

倪蕊感到下面自由輕鬆，沒有阻礙。風吹著那裏，似手在輕輕撫摸。倪蕊悄悄睜開眼，看見肖摯鴻要頂向自己，忽然她感到了害怕。要是他們進行的時候來人了怎麼辦？她可不想像父母親一樣，性愛被發現。倪蕊迅速一閃身，躲開了肖摯鴻，隨口說，來人了。肖摯鴻四處一望，發現真的從遠處走來了人。他不好意思地嘿嘿笑了兩聲：我太衝動了。

兩個人手牽手，默默往回走。都在回味和憧憬剛才的情形。肖摯鴻暗暗摸了一下自己，依然那麼挺立。他把倪蕊的手悄悄握著，領著它握著自己。一個男人喜歡一個女人，就會把自己的那交給女人。倪蕊也樂意這樣，這感覺很奇妙。

倪蕊再上床睡覺時，不像以往那樣很快就睡著了。她被一個問題困擾著，心裏熱著身體也熱著，她知道肖摯鴻的房門夜夜敞開著，她知道他期待著怕黑的她下樓找他。

冬夜，他們曾睡在一起，倪蕊睡不暖，肖摯鴻抱著她，彼此都穿著內衣。那樣溫暖又甜蜜地依偎著。倪蕊很滿足，一會就睡著了。然後肖摯鴻輕輕把她放下，回到自己的床上。

現在，只要倪蕊輕輕走下樓，在夜的掩護下，在慾神的慫恿下，就能知道一個她抵制又嚮往，他在時她躲避、他走了她又為他無數次幻想的，原始之愛。

慾望一旦被喚醒，力量不比愛小。

睡在愛神身旁，傾聽他的呼吸，勝過世上最神奇的催夢曲。在黑夜中感受他的肌膚，肌肉和頭髮，可以親吻他的臉……去吧，勇敢地去吧，心中一個聲音對倪蕊說。

2.

月亮睡了，星星睡了，花朵睡了，貓兒狗兒睡了，大地都陷入了甜夢。

終於在這一天，在一個聲音的召喚下，倪蕊在夜的包圍中，從樓上，穿著薄薄的衣裙，飄到了樓下。她輕輕睡到了肖摯鴻身旁，不動不說話，只是閉上眼睛。

肖摯鴻一翻身，觸到了夢中的女孩。他以為是夢，緊張地不動彈，不說話不敢親吻，生怕這樣會嚇跑女孩。過了一會兒，他試著伸出手臂，緊緊摟著女孩，不讓女孩從夢中他的懷抱溜走。

寶貝，寶貝，是我，我想你，我想睡在你身旁，和你度過整整一夜。我想和你一起迎接黎明，我想新的一天一睜開眼就看見你的眼睛，你睡吧，你睡吧，我挨著你好了。倪蕊在他耳邊低語。

倪蕊的低語，吹在他耳邊麻麻的。肖摯鴻於是明白，女孩不是在夢中。愛的天使就睡在他身邊，陪伴著他。夜好靜啊，夜又好香啊，這香來自身邊女孩，勝過他聞過的所有的花香。

肖摯鴻醉了，醉了。女孩的體香是最香的花釀造的醉人的酒，他一聞就醉，不想醒來，肖摯鴻飄起來了。女孩的手，仿佛一根導火線，挨到他哪裏，哪裏就著火了。他周身的血沸騰了，他感覺他快要死了，全身很難受，救救我吧。他對倪蕊喃喃地說。

兩隻青蛙忽然歡唱起來，仿佛愛的奏鳴曲。肖摯鴻也想歡唱，唱起生命之歌。讓全身每個細胞來個大合唱。他把女孩的小手捉住，渾身顫抖著，引向自己的聖地。

那裏豎著一把溫熱的寶劍。女孩握著這把神奇的劍，忽然很想它刺向自己，哪怕被刺出鮮血——只要自己的身體被刺出「我愛你」。

倪蕊靜靜等待著，像一朵待開的玫瑰，守候春天心愛的蜜蜂。

肖摯鴻引著女孩握著他的生命之源，美麗的寶劍，只是握著，並沒有如女孩所期待的那樣，讓這把美麗的寶劍找到歸宿。他也不顧劍的痛楚和抗議，只是讓她的小手握著，撫摸它。它歡快地跳動著。

在美好的愛情面前，性的步調可能不同步，這是慾神在調皮呢。倪蕊沒好氣地想。

肖摯鴻不是不敢進入女孩的身體。在他的回憶裏，全是女孩的好，全是甜蜜。女孩的錯，他也覺得可愛，他就像一個父親一樣，只知道把欣賞、快樂和無私的目光投向女兒。因為無私，他那愛情的旋律裏只有女孩，沒有自己。所以此刻，他清楚地知道自己那麼多那麼強烈幸福的感受，他剛才膨脹翻滾的慾念轉眼之間和風細雨——他已滿足於女孩的小手安慰自己的聖地。第一次這樣親密，就夠了，他告訴自己不能太貪心。他就像一個孩子，第一次品嘗他珍愛的糖果時，不捨得一下子吞掉，他要放著慢慢享用，越晚越幸福。他當然知道，等他回學校了，哥兒們問他，開了嗎？幾次？他們總以為只有那樣就到了幸福和甜蜜的頂點。肖摯鴻卻認為只有那樣才幸福和甜蜜，就不是愛情。愛情不是單色花那麼單調，愛情也不是一種香味，愛情的花開不完，愛情的香香不盡。這是單純的性愛所不能比擬的。

想到這裏，肖摯鴻為他們感到可憐——他們中許多人沒有嘗到愛情真正的味道。愛情除了能做出性這道大餐，還能做出很多美味的食品。有時候，享用性、迷戀性就會失去別的美妙感覺。一定不能讓性在愛情裏占過度重要的位置。

在今晚，女孩主動在黑夜裏，從自己的床上飄到他的床上，這本身就是一件值得回味的事。女孩一定為做出這個舉動而進行了強烈的思想鬥爭，最後才像一個精靈一樣，溜到他身邊。肖摯鴻甚至想，女孩就是從夢中直接飛出來的。還有她剛才說的那番話，她喚他寶貝，她說她想和他一起迎接黎明，想一睜開眼睛就看見他眼睛，這些話值得他終身回味。想一想，如果真的做愛，「做愛」的感覺就會趕跑這些了。他無聲地笑了，帶著愉快的心情，肖摯鴻響起了鼾聲。

3.

火車唱著歌，載著心愛的他回來了，那是一個多雨的夏季。透過絲綢般的雨幕，倪蕊等回了她等待四年的愛。也許不止四年，他們從兒時就開始互相喜歡互相鼓勵、支持。

肖摯鴻軍校畢業後回到了倪蕊所在的省份。

青春等來了誓言的真，誓言經過了風吹雨打。她用行動告訴當初反對她的愛情的人——這世界還有愛的誓言，愛的誓言不是虛的，也不是空的。那些人對倪蕊說：傻孩子，女人的青春只有一次，過了就不會重來。你用人生最寶貴的青春等待沒有把握的身處異地前途未卜的戀愛，真的不值得。倪蕊笑著說，謝謝你的好意，我決定了就不會改變，請祝福我吧。

愛就愛到手牽手，愛就愛到苦相守。愛不是回憶和懷念——這樣的愛在回憶和懷念中，越變越輕，最後煙飛灰滅。愛越來越重——是人寄放心靈的地方。

倪蕊結婚了。婚禮上，倪蕊面對所有的親朋好友，面對丈夫，心靜如水。

倪蕊接回了肖摯鴻，幸福地幫他拎行李。倪蕊幫他清理他的行李箱，她要看看他到底有多少衣服要洗，他把她的信放在哪裏。她找了許久，沒看見自己的信，也許在另一個箱子裏。她開始把箱子裏的衣服拿出來，那些衣服倪蕊都見他穿過，是兩個人一起買的。當倪蕊把衣服都拿出來，她發現了一個厚厚的黑色筆記本，她想一定是他想她時寫的感想，就像她想他一樣。兩個人正好可以交換著看。

她慢慢打開筆記本，一張照片反著滑落在地。她撿起一看，是一個女人。這張照片，讓倪蕊一看就討厭。女人跟她，是兩個完全不同的類型。女人豐滿嫵媚，是大多數男人喜歡的樣子。肖摯鴻，變得和大多數男人一樣嗎？他已經厭倦了倪蕊弱弱的身體和孩子氣嗎？

再看筆記本裏面，還夾著女人的一封信。信是肖摯鴻上火車之前她交給他的，充滿依依惜別之情。而肖摯鴻在筆記本裏寫的話，都是給女人的。筆記本前面，有撕過的痕跡，他把寫給倪蕊的話都撕了。

倪蕊忽然明白，為什麼別後幾個月，肖摯鴻要親吻她的腳背。那是他在向她道歉。

他怎麼可以破壞他們純潔美好的愛情？為什麼不能堅持呢？為什麼要在最後幾個月讓他們完美的愛情之弦斷掉？

倪蕊心裏充滿失望和悲傷，她一點也不生氣。如果只是生氣那表示他們的愛情還有救。

倪蕊不想瞭解他們之間是怎麼開始的，是什麼時候開始的。她只怨肖摯鴻既然人回來了，為什麼不把過去的插曲徹底處理掉？那樣她還是認為他們之間是完美的。他為什麼要把那個女人的照片放進筆記本，讓她看見？現在看見了就不能當看不見，她就會聯想，就會充滿嫉妒和憤怒，就會失望和傷心。她知道自己一旦發現她的愛情不完美有瑕疵，就決定不再愛了。她哭泣著從肖摯鴻的家中衝出去，他的那善良的母親不知道怎麼回事，她還在準備兩個人的婚事呢。她拉著倪蕊，說，怎麼了，蕊蕊？有話跟阿姨好好說。倪蕊哭著說不出話，她只想逃開，逃離破壞她美好愛情的人，她的胸中現在已經開始燃燒怒火！但肖摯鴻說，我人都回來了她還鬧！她要走讓她走吧。倪蕊的怒火瞬間轉為傷心，他這個人，人回心沒回。

她擦乾了眼淚，離開了這個如今令她充滿傷心的地方。

接下來幾個月，肖摯鴻下落不明。第四個月，寫來一封信，沒有地址。這真讓人生氣。他在信中只有寥寥數語，隻字不提道歉。之後又杳無音訊。第六個月，倪蕊打電話到他的家，接電話的人說，這家人已經全部搬走了，他已把這房子買下來了。他們家搬到哪裏去了？倪蕊試探著問。不知道。接電話的人淡淡地說完這句話，就掛斷了電話。

杳無音訊，比起背叛，更讓人傷心。倪蕊心碎了。

倪蕊接受了相親。這輩子再也不會有愛情，那就平平淡淡地過日子吧。她渴望有一個家，愛情好累好傷心，不要愛不談愛了。至於家庭和孩子，尤其是孩子，倪蕊不能免俗地非常需要。

夏曉兵，長相平常、話不多，不是讓女人牽腸掛肚的人，不會讓人放心不下。倪蕊見了夏曉兵一次，心想如果自己要安穩的家，就是他了。

肖摯鴻在倪蕊相親的第二天出現了。他來到倪蕊的學校，一身軍裝，意氣風發，笑容滿面，修長俊朗，倪蕊仔細地清楚地看著他。

時值冬天，肖摯鴻送給倪蕊一雙棉靴，他記得倪蕊容易凍腳。

四個月沒有見面，感覺四十年沒見，陌生了。在他們約定相互等待的四年裏，他們的信很準時地至少一個星期一封。如今他的人回來了，卻讓自己消失四個月。他為什麼要這樣？難道她不該生氣他要懲罰她嗎？

肖摯鴻深情地看著倪蕊：我們結婚吧！這句話讓倪蕊等待了多年，如今迴響在耳邊，她卻覺得遲了，遲了四個月，遲了四個世紀。

當肖摯鴻再說第二遍我們結婚吧，倪蕊的學生們開始吃吃地笑。

那個女人呢？倪蕊平靜地問。

結婚了。

哦，你們還有聯繫啊？她結婚了你就來找我？倪蕊悲哀地想。在和我斷了聯繫的這幾個月裏，你在挽救你的另一份愛情吧？真的好好笑。我雖然愛你，但我更愛完美的愛情。愛情不完美，真的讓人悲哀，比沒有愛情還讓人難過。

看倪蕊不說話，臉上的表情陰晴不定，肖摯鴻說，不管你相不相信，我是最愛你的，我沒愛過別人。這幾個月我在聯繫工作，居無定所。同時我在思索我們之間的關係，我發現只有娶你才能獲得幸福。

倪蕊依然不出聲。她在猶豫。

不要生氣了，我的人都回來了你還計較什麼呢？

肖摯鴻一說這話，又讓倪蕊想起了四個月前發生在他家的那一幕。人回來了我就該萬分感謝，就該不計較你筆記本的照片和你寫給別人的情話以及別人寫給你的情話嗎？我是那樣忠心地等待你那樣充分地信任你，你破壞了我的完美愛情我能不生氣不傷心嗎？你怎麼不知道道歉呢？你不知道自己錯了嗎？不知道你的行為讓我多麼失望嗎？你這樣，不只讓我對你失去信心，你讓我對愛情，失去信心了！

倪蕊開口說話了，她平靜地說，我有男朋友了，他叫夏曉兵。

肖摯鴻聽了，竟然也一臉平靜。他料定倪蕊沒有愛上別人，還愛著他。倪蕊的愛使他放縱，使他驕傲。他在倪蕊的愛中變了，變得格外自我感覺良好，漠視倪蕊的存在。這個自大的人。

倪蕊說；對不起，我要教小朋友唱歌了。

那，握個手。肖摯鴻眼裏的驕傲終於褪去了一點。

又過了一個星期，肖摯鴻的信來了。他的地址是武漢，就與幻城相鄰。這麼近，他竟然那麼久不來看她。她知道他不道歉的理由，他認為她小題大做，這個男人，認識了別的女人，就拿那個女人與她衡量。也許那個女人度量很大，不像倪蕊那麼孩子氣，喜歡幻想，神經質。我就是我，我不能成為另外一個人。倪蕊想。

倪蕊回信：你我之間，只是一場年輕的青春之夢。青春走了，夢就醒了，我只求平靜，願你幸福！她決定了，這個讓她對愛情不愛的男人，她永遠不想再聯繫了。她撕掉了他的電話號碼和新地址。

4.

倪蕊赤裸裸站在鏡子前，厭惡地望著自己：乳房不小可也不大，腰那麼細軟，這樣的身體，相比豐滿的用性引誘男人的女人，自然不能令他滿意，這樣的身體，主人還自認為因愛情而性感。到最後，迷戀她的人不再迷戀，她還那麼生動，不知悲哀。倪蕊望著自己的身體，忽然一股怒火升起。她想狠狠地懲罰自己的身體，她慢慢地，最後終於把舉起的刀片放下。

丟失了我那完美的愛情，我還要陪葬我的生命嗎？倪蕊問自己。

倪蕊決定不愛一個人，她就會不愛。就像她決定愛一個人，就會好好愛一樣。倪蕊不再愛肖摯鴻了，她可以強迫自己。她最不能忍受愛情的不忠。愛情的魅力就是忠誠和專一。彼此都是對方的唯一，這就是愛情的可貴和讓人享受的特別之處。沒有一絲愛情的平淡生活和讓人憤怒的愛情，她決定選擇前者，看來她只有跟愛情告別了。她也不恨，不想報復肖摯鴻。當他說要跟她結婚，她沒有聽從妹妹的主意，跟他交往，在他準備婚事的節骨眼時再把他甩掉，讓他嘗嘗為愛失望和憤怒的滋味。她沒這個興趣。她只想永遠不見他，想徹底忘掉這段愛情。作了這個決定，倪蕊很快就有了婚姻的人選。愛情麻煩虛無，她不想再淌入愛情這條表面溫柔其實變化無常的河流了。她的心很累很累。

當倪蕊和夏曉兵見面一個月後，夏曉兵把他家的鑰匙送給她，他說他的全家邀請她，歡迎她。見到這把鑰匙，倪蕊的眼淚流出來了。鑰匙，令人憧憬的鑰匙。誰都想擁有一把鑰匙——家的鑰匙。先前肖摯鴻說自己的下面是一把鑰匙，一把唯一的配不著的鑰匙，他說要用這把鑰匙打開倪蕊的身體和心靈。就是這個與眾不同的誓言，迷惑了倪蕊。不過也不怪他，倪蕊知道自己先前就喜歡他那樣的迷惑，不獨特她還不感動。只有具備了獨特性她就認為是存在。經過虛幻愛情的打擊，倪蕊開始重視實質性的代表愛意的東西，比如這把鑰匙，不是承諾，勝似承諾。給了她安穩。她要轉變，要從一個過分相信和依賴愛情的幻想狂，變成一個注重平實的現實人。她決定這麼做，她要付諸行動。

夏曉兵，做財務核算的公務員，看著老實，話不多，身上的肉鬆垮。是女人們眼中放心丈夫的形象。倪蕊用現實的眼光評價夏曉兵，接受夏曉兵。當她把他帶到家裏，家裏人反應平平。她要的就是這個評價，這就是她所期待的。戀愛時夏曉兵隨叫隨到，讓她愈發體會到從前戀愛時的那種孤獨。從前為了愛情，艱辛地忍受孤獨，獨自一個人流了多少淚水啊。現在看來，那時候的堅強是逼出來的。

倪蕊的同事說倪蕊，怎麼找他這樣的人啊？倪蕊笑笑，外表，是可以改變的，比起男人的善變、花心，胖瘦又有什麼呢？夏曉兵和倪蕊戀愛時，也的確天天運動減肥，讓倪蕊很受感動。後來夏曉兵真的瘦了。

婚禮定在一九九八年五月三日舉行。結婚前晚，兩個人卻吵了一架。夏曉兵買了一套深藍色西服作結婚禮服，倪蕊為他配了條灰格子領帶。夏曉兵聽了別人的建議說結婚應打紅色領帶，於是想再買一條領帶。倪蕊帶了五百元陪夏曉兵逛商場，那時的錢都讓倪蕊掌握著。夏曉兵心裏看中了一條五百八十元的領帶，於是在商場裏，他當著眾多人的面，一雙眼睛在眼鏡的反襯下，忽然淩厲起來，他冷冷地問：你什麼意思啊?!

夏曉兵嫌倪蕊的錢帶少了，他以為她故意的，認為這是對他的輕視。倪蕊卻以為五百元買一條領帶夠了，聽到夏曉兵生氣小心眼地問她，她也很不高興，心想錢不夠可以找別人借啊，或者可以回家拿啊。為什麼用那樣的表情那樣的眼神那樣的語氣質問呢？像質問一個敵人。她生氣地說：沒什麼意思，五百元買一條領帶不夠嗎？夏曉兵嘴巴輕蔑地「切」了一聲，說：神經病！

倪蕊聽到夏曉兵為一條領帶而對自己說這樣的狠話，呆住了。他們默默地買了一條四百多的領帶回家了。回到家，倪蕊說，你剛才怎麼那樣說話？夏曉兵冷冷地說，我怎麼說話啦？倪蕊說，我不是故意的！你不信嗎？夏曉兵不說話，挑釁地看著倪蕊。倪蕊忽然拿起一個玻璃煙灰缸，砸向自己！她一邊哭一邊說，這下你相信了吧，我真的不是故意的，我沒有別的意思！

夏曉兵愣愣地望著倪蕊，說不出話。

就這樣，結婚頭晚，倪蕊為一條領帶受傷了。

5.

什麼是丈夫？丈夫就是合法把精子留在你體內的那個男人，不管這個男人你愛不愛。倪蕊的父親就是這樣一個丈夫，以婚姻合法的名義，以合法的形式，讓母親製造了四個孩子。法律真神奇啊，它可以繞開愛情，創造生命。倪蕊笑了。只要這個男人被稱作丈夫，你就可以和他在任何時間任何地點以任何方式做愛，在這種時候，愛情像個小人物，躲在一旁。

造愛，多好的字眼，多好的概念，沒有愛可以製造。造愛，是婚姻特有的標誌和特權嗎？

倪蕊成了一個妻子，一個有男人陪伴一整夜的女人。她開始買菜、做飯、洗衣服，也開始在夜晚等待丈夫。

成了妻子的倪蕊，不再裸睡，她覺得裸睡是一個人的事。兩個人之間，脫衣服也是一種享受。她穿著長長的睡衣，依偎在丈夫的懷裏，常常很晚了才睡著，睡著了卻常常從夢中驚醒，從夢中醒來的倪蕊打開臺燈，靜靜地看著夏曉兵，才意識到自己沒有被遺棄，不是一個人。

很小的時候，在父母的爭吵中，倪蕊常常從夢中醒來，醒來就慶幸自己沒有站在水中央或懸崖邊、荒野中，剛才所看到的恐怖情景都只是在夢裏。有時候，難得地聽到父母輕輕地交談，她安然入睡，然而她又在他們肉體的碰撞和床的呻吟中醒來。那時侯她總是陷入深深的恥辱之中。原來他們的談話只是做愛的前奏，做完愛後，第二天清晨他們又可以繼續爭吵。尤其是母親，她第二天清晨又把對父親的不滿意又流露出來，她就不能想想夜裏的溫存而對父親網開一面？她就不能隔天再表示對父親的不滿？那時，她小小的心靈執著地認為：有愛就有性，有性應有愛。沒有愛而有性是醜陋的，讓人羞恥。

夏曉兵的鼾聲讓倪蕊陷入了無邊無際的思索中，伴隨著莫名的思索，倪蕊慢慢地進入了夢鄉。夏曉兵的鼾聲很特別，像是由於呼吸受阻而製造的聲響。倪蕊想瞭解夏曉兵如何打的鼾，於是試著改變一種呼吸方式。她呼吸的時候喉嚨緊張著，竟然也發出了鼾聲。她擔心丈夫呼吸時忽然不順，於是有時會把夏曉兵叫醒，小聲說：你在打鼾。夏曉兵醒了，咕噥著，又閉上了眼睛。

昨天應該被時光之剪剪斷，剪斷的昨天應該被當作垃圾，埋在記憶的最深處。這些垃圾，最好自己慢慢腐化。可它頑固得很，竟然以原有的姿態存在著，還不以人的意志而左右。它就像個敵人，知道你在找它，就小心地躲起來，等你輕心了，鬆口氣了，它又出來搗亂。

黑夜中，倪蕊從夢中醒來，她緊挨著熟睡的夏曉兵，輕輕呼喚他，希望他醒過來，陪她說說話，回答她的只有鼾聲。她不死心，呼喚他的名字，輕輕地小心地推他，如果他能在此刻，能在她孤獨的時候醒過來陪伴她，而不是睡死了一樣不理她，她將述說自己的夢，並說：謝謝你。

醒來吧，醒來吧，有些夢戴著面紗，腳步輕輕，夜夜逼近我，夜夜威脅我，夜夜讓我猜謎，夜夜又不說謎底。倪蕊在呼喚中沉沉睡去。

倪蕊又夢見自己陷入了泥沼。她在夢中鼓勵自己說，我陷入了泥沼，我不要怕！我不光要呼吸，還要舞蹈，無論我的生命遭遇怎樣的坎坷，我一定要微笑。倪蕊掙扎著從夢中醒來，渾身是汗。終於她醒過來了。她看見睡在身旁的夏曉兵，心頭湧起一陣甜蜜。夏曉兵讓她想起一件在她生命中最輝煌最美麗的事。她無聲地問黑夜，彷彿黑夜中有一個小天使在傾聽她的心語：親愛的孩子，你來了嗎？你一定是從天堂裏飛來的最愛媽媽的天使。最初，你是美麗的魚嗎？你奮力地游進媽媽的子宮。你是世界上最神奇的種子吧？你要讓媽媽的身體開出最美麗的花是嗎？可是媽媽對不起你，在你來到媽媽的子宮一個月，媽媽卻渾然不覺，只是盡情快樂，從媽媽子宮裏流出的血，是你傷心的眼淚嗎？親愛的孩子，請你原諒媽媽好嗎？媽媽寧願自己死，不，媽媽要好好活著，迎接你的誕生。

那一天，倪蕊說，我懷孕了，例假沒來。夏曉兵聽了，沒有表情，平靜地說，是女人都會懷孕的。

夏曉兵親吻倪蕊的乳房，倪蕊一邊掙扎一邊說，聽說懷孕初期不能有房事……

歡愉過後，倪蕊下意識地看了一下床單，一朵鮮紅的血赫然盛開。就這樣，結婚一個月的倪蕊有了孩子同時先兆流產。

為了保住孩子，倪蕊靜臥在床。那些日子，她每天對孩子說對不起，每天對孩子唱歌每天撫摸孩子，對孩子說著親密的話。

夏曉兵沒有說抱歉。為了躲避面對倪蕊而產生的慾望，他開始晚歸，開始等倪蕊睡著了才回家，說是有事。先是偶爾，再是經常。先是晚上十點，然後是淩晨才回家。

懷孕的倪蕊，怕黑，敏感，流淚。明知流淚對子宮裏的孩子不好，可她忍不住。那個叫丈夫的男人在哪裏呢？他不知道妻子在流淚，不知道妻子怕黑，不知道孩子喜歡一個歡樂的母親。

淩晨三點，倪蕊被奇怪的聲音驚醒。

倪蕊披衣下床，發現有人在撬防盜門，她的心頓時猛跳起來，她嚇得不敢出聲，但她意識到安靜就是在給賊製造機會。於是她把電視聲音開得很大，提著一把菜刀使勁地拍打著，她做著這些事情時心臟狂跳。終於，賊無聲無息地下了樓，倪蕊也無聲息放下刀，關了電視。她輕輕地對孩子說，別害怕，孩子，有媽媽在，壞人不敢欺負咱。孩子不滿地踢了母親的肚子幾下，似乎在抱怨他受到了驚嚇。

淩晨四點，夏曉兵從應酬的牌桌上下來，回了家。倪蕊望著這個自從結婚就不鍛鍊身上贅肉越來越多，從前老實的眼神收起來了，時常變淩厲的男人，歎了口氣。她沒了傾訴的慾望。夏曉兵回來看見倪蕊這麼晚沒睡也不說一句話。他太累了，簡單洗了一下，就上床睡覺了。

倪蕊睡在他的身邊，忽然哭泣起來，渾身抖動。夏曉兵太睏了，渾然不覺，鼾聲沉重。倪蕊見自己的哭泣沒有讓他醒過來，她忽然打開燈，望著夏曉兵，這個男人，是否有夢？是否夢見下雨天，是否夢見過孩子在哭？夏曉兵睡得很沉嗎？她察看了他的眼睛，發現他的眼皮在動。他知道倪蕊在哭，但他太累，因此裝作不知道。

一個男人，漠視女人的哭泣，這夠令人悲傷的。倪蕊想到這一點，忽然停止了哭泣。她無聲地對孩子說，對不起，媽媽又哭了！

倪蕊對自己說，我不會再用眼淚，雕砌透明的城堡，把自己鎖在裏面。在眼淚的城堡裏，不會有人來救你的。唯一知道的人都無動於衷。

6.

倪蕊在床上躺了兩個月，然後去醫院檢查。醫生說孩子發育很好，倪蕊就回到了學校。孩子到了第八個月的時候，倪蕊大著肚子趕往學校，為了不遲到，她走得很快，當她到達學校上廁所時，赫然發現自己又流血了！這又是一個危險的信號。於是，她進了醫院，保胎針從早晨八點打到凌晨三點。就這樣，她連續打了十天針。第十一天，她的肚子開始疼痛，從頭天早上一直痛到第二天早上。醫生讓她痛時大聲喊，她喊不出來，喉嚨嘶啞，她咬緊牙關。夏曉兵這時守候在她身旁，他給她計時，發現是五分鐘疼一次。當醫生得知倪蕊疼了整整二十四小時，並且是五分鐘疼一次，就為她做了檢查，發現倪蕊的宮口已經開了四指，不得已，倪蕊進了產房，孩子剛好三十二周。

產房裏有一個待產的女人大聲喊叫，醫生吼，忍著忍著忍著，小心待會沒力氣生孩子！女人忍不住，繼續喊叫。

為倪蕊接生的醫生姓陳，四十多歲，長著一副讓人信任的醫生的臉。她對倪蕊和顏悅色，倪蕊心裏有了安慰有了力量。進了產房，她的肚子疼痛減輕了。

倪蕊打了催產針，剛開始沒動靜。過了大約兩個小時，陣痛開始，倪蕊的腹部開始盡全力地收縮，倪蕊咬緊牙關，她記得剛才有個醫生的話，力氣要留著生孩子。婆婆是醫院藥房的，可以破例進產房，她看見兒媳忍著痛，滿臉是汗，忍不住握住了她的手。婆婆的手粗糙，有勁，倪蕊獲得了安慰。她對自己說：要挺住挺住，這樣的疼痛任何一個母親都會承受的，這是對母親的考驗。我一定要勇敢接受，我能忍受。

旁邊的女人受不住了，她大聲喊叫，最後昏了過去。醫生只有把她推到手術室，進行剖腹產。倪蕊想，我不要醫生在我的肚子上劃一刀，我要自己生。

有了信念的支持，倪蕊一九九八年十二月二十一日上午八點十分進產房，十點半順利生了一個男孩，四斤二兩。由於是早產，孩子一出生就被送進了保溫箱。

有了孩子，倪蕊全部心思傾注在孩子身上。孩子慢慢長大，伴隨著倪蕊和夏曉兵的爭吵。

倪蕊在結婚的第三年和夏曉兵分床而睡。

第四章　禁慾傷慾

1.

兒子夏康的名字是倪蕊起的。事先她徵求過夏曉兵的意見，那時兩個人還在一個房間。倪蕊問他：你說，孩子叫什麼名字好呢？夏曉兵不出聲。倪蕊看出他不像在思考，於是又問了一遍，他還是不出聲。倪蕊禁不住提高了嗓門：問你呢，你沒聽見嗎？夏曉兵火了：在想。他想了好一會兒，依然不出聲。倪蕊問：想好了嗎？夏曉兵說：沒有，再說吧。夏曉兵說完，翻了個身，鼾聲響起。

一個名字會讓他想得那麼累嗎？

夏曉兵不想說話，更不想動腦筋說話，倪蕊逼他說話，他就會生氣、不耐煩。有時候，倪蕊問他，即使很簡單的事，比如你現在長胖了還是長瘦了？他也會想很久，催他，他會跟她生氣。他有很多問題不想回答。

倪蕊知道夏曉兵想不出什麼好名字，他根本就不願意想。第二天她就對夏曉兵說：兒子就叫夏康吧，希望他健康。夏曉兵聽了，沒說話，算是默認。

婚前，夏曉兵話不多，倪蕊說什麼他會聽，意見不同他會保持沈默。婚後，夏曉兵要麼不說話，一說話就必定是在發火或吵架，似乎只有發火或吵架才能讓他說得出話來。

倪蕊感覺自己也許這輩子缺乏可以傾訴的人。丈夫是最應該成為傾訴的對象的，但很顯然他不是。她在學校也沒有密友，玩得來的倒有三兩個，只是逛逛街什麼的。女人嘴鬆，你把家裏事告訴她們了，她們會廣為傳播。一時之間，你會成大家茶餘飯後的談論對象。所以倪蕊不敢跟同事說起自己的困惑。她就對著忠實的筆記本述說。後來她數過自己用過的筆記本，竟然有二十幾本。她不怕夏曉兵翻看，她知道夏曉兵對此無意，如果他有意瞭解倪蕊，也許就沒有接下去的故事了。

一個夜晚，倪蕊哄孩子入睡後，靠在床頭，看見日益長大的孩子，忽然很想對他傾訴。於是她拿出一本嶄新的筆記本，開始寫下要對兒子說的話：

親愛的孩子，媽媽有些話想對你說，本來應該等你長大了再說的。但是這些話像石頭壓在媽媽心裏，媽媽忍不住，等不及。媽媽想，現在不說，等到若干年以後再說，也許說不出來了。

親愛的孩子，媽媽感激你，成為媽媽的孩子，感激你給媽媽的幸運和信任，讓媽媽體會到了作為母親的神聖，讓媽媽能夠寫出最驕傲的生命之歌。

親愛的孩子，媽媽感激你，一聲聲呼喚。從剛開始的牙牙學語到各種聲音各種表情的呼喚，這些呼喚，像一縷縷春風吹拂在媽媽的心頭，帶走媽媽心頭的憂愁。

親愛的孩子，媽媽要向你道歉。你在媽媽子宮裏的時候，媽媽曾經哭泣過，曾經發怒曾經恐懼過——媽媽的子宮，原本是你最溫暖的花園啊。這些，對你有了影響，使你在媽媽的子宮裏感到不安，於是你早產了，在一個冬季，整整提前了兩個月。

八個月出生的你，四斤二兩，不能像別的寶寶那樣，依偎在媽媽的懷抱裏。你是早產兒，自我調控體溫的能力不強，於是只有被送進保溫箱。你獨自一個人，頭上打著點滴。你那麼小那麼小，躺在保溫箱裏像一隻小貓眯，可你是一隻小老虎啊。

你在保溫箱裏躺了十六天。你沒有看到鮮豔的玩具，沒有聽到媽媽的柔聲細語。隔著保溫箱，我不能把你抱在懷，我看著瓶子裏的藥水一滴滴滴進你的身體裏，我的眼淚也一滴滴滴進我的心裏。

十六天後，你終於可以回家了。媽媽很高興，尚在月子裏的身體渾身是勁。人家的孩子半個月可長兩斤，你卻還瘦了二兩。你還是那麼小，吃東西也少，二十毫升的牛奶，你就夠了，人家的孩子卻可以喝二百毫升牛奶。

出院後，你用慣了奶瓶，吃不慣媽媽的奶了。媽媽不計長胖的後果而特意發的奶，只有生生地倒流。幸好，由於你頑強的生命力，也因為全家人對你細心地照顧，你比同齡的孩子生病少，長得健康又可愛。

親愛的孩子，媽媽向你道歉。曾經，媽媽和你父親當著兩歲的你，吵過架。這情景，你總是記在腦子裏，媽媽知道你不是刻意要記的。只是這樣的事那麼深刻地佔據在你心裏，難以磨滅。媽媽一定要想辦法挽回，抹去你的陰影，修復你的心靈。

媽媽以前太不懂事。媽媽要好好修煉，修煉得平靜、清澈，像湖水一樣，只把淤泥深藏湖底，露出美麗。媽媽一直對你覺得愧疚：雖然媽媽愛你教育你使你聰明伶俐，但你常常憤怒，不安，這性情，就是媽媽和你父親奏響的不和諧音。

親愛的孩子，媽媽雖然愛著你，卻一直傷害你。多少次，媽媽想和你父親友愛地說話，想和你父親躺在一張床上，就像你在小夥伴家裏看到的那樣。可是媽媽現在做不到，也許將來能做到。媽媽現在唯一能做到的，就是不與你父親吵架，不讓你看到父母之間令人難受的敵意。

親愛的孩子，媽媽愛你，你也愛媽媽。媽媽知道自己現在做得不夠好，媽媽沒辦法欺騙自己的感情，媽媽沒辦法假裝愛你父親，媽媽只能真誠地對你父親，慢慢寬容他，請給媽媽時間好嗎？

你也許會問，媽媽為何要嫁給父親呢？這個問題媽媽不想像大多數女人那樣用後悔的語氣回答——媽媽嫁錯人了。媽媽不想後悔昨天，媽媽只想如何度過今天，迎接明天。過去的選擇，受年輕時的性格和心情以及遭遇有關。在選擇這個問題上，媽媽唯一能總結的就是——不要降低標準，因為改變比尋找更難。

媽媽以為自己可以忍受沒有愛情，媽媽錯了。媽媽也許可以忍受沒有愛情的婚姻，但不能忍受失去愛情的憧憬。媽媽的現實中可以沒有愛情，但媽媽的心裏不能沒有愛情，哪怕只是一種信仰，甚至幻想。媽媽沒有人說話，除了一些筆記本。

親愛的孩子，也許你長大了也不能理解媽媽，其實就是連她自己也不能理解自己。於是她追憶、紀錄、分析、總結、認知自己，希望對她、對家、對你有幫助。媽媽會努力改善和你父親的關係，不至於像陌生人或敵人一樣。但是在她作出努力之前，她必須認清並改變自己。

2.

春天開花了，夏天下雨了，秋天落葉了，冬天飄雪了。一年十二個月按部就班地過去了，過得很快。與夏曉兵分床不分家的倪蕊把青春鎖在四季的交替裏，一個人，自己和自己說話，自己安慰自己，春去秋來的日子在半分居的生活中竟然也過得很快。

我怎麼能這麼好地忍受半分居的生活呢？倪蕊問自己。

多少個女人把故事深埋，躲在深山裏成為修女或尼姑。倪蕊想自己為何不行呢？因為她捨不得孩子。她有孩子，有孩子陪她說話，陪她走路，陪她看電影，陪她度過黑夜，陪她度過一年年。那些忙碌的日子，麻痺了她一些愛情和身體的慾望。

喝醉酒的夏曉兵，在倪蕊熟睡的時候闖進了倪蕊的房間。夏曉兵不說一句話，他們有多久沒有說話了？倪蕊想，三個月。

夏曉兵默默睡到倪蕊身旁，親吻倪蕊的耳朵、後背和乳房。他的吻，帶有很強的目的性。倪蕊知道這一點，身體沒有被喚醒，她很想被喚醒，盡一盡做妻子的義務，可她的身體很乾澀。夏曉兵缺乏溫情和愛意的親吻，喚不醒倪蕊的心和身體。夏曉兵等不及了，他進入了倪蕊的身體，倪蕊很痛。

夏曉兵的汗水滴在倪蕊的胸口上，倪蕊無聲地擦去。夏曉兵不滿地問：你怎麼這麼乾啊？

夏曉兵沒有停止，他努力地想使倪蕊滋潤。終於倪蕊不痛了，開始沒有知覺地分泌一點體液……最後夏曉兵癱在倪蕊身上，一動不動。倪蕊聽見自己的心在笑。

倪蕊感到孤獨，身體裏男人的體液和自己的體液很快乾涸，瞬間無影無蹤。倪蕊眼裏流出了淚水。她問自己：為什麼我要盡一個妻子的義務，卻不能成功呢？她清楚自己不是一個性冷之人。

夏曉兵從倪蕊身上下來，說：我到那邊去睡。

倪蕊沒有挽留，夏曉兵留在這裏也想不出什麼話跟她說。她說的話，他覺得莫名其妙。但她還是想跟他好好溝通一次。剛才的性雖然不成功，但是沒有完全失敗。

我們談談吧。倪蕊說。

夏曉兵疲憊地說：有什麼好談的？說完，他轉身而去，睡到了另一個房間，片刻鼾聲響起。倪蕊走到夏曉兵的床前，望著這個簡單的沒有煩惱的，從不失眠的男人，不禁問自己：這是我的丈夫嗎？是我曾經共枕、共同孕育過一個孩子的人嗎？這個男人，在老婆與自己分床的情況下，還能夜夜安睡，吃得香、長得胖，真是奇跡。每個生命都是奇跡。

倪蕊想起自己曾經為一個問題和夏曉兵爭吵過。她說：你能不能操點心啊？夏曉兵反問：我怎麼沒操心啊？倪蕊反問：操心你還長那麼胖？

有人操心長瘦，我操心長胖！夏曉兵的一句話說得倪蕊無語。倪蕊曾和夏曉兵一同出去吃飯，她見夏曉兵從頭吃到尾，很少說話。倪蕊才知道這個人對吃這麼鍾情，不長胖才怪。回來她說：夏曉兵，你能不能少吃點，長太胖，容易得病。夏曉兵眼一斜：我吃什麼啦？倪蕊說：你從頭吃到尾，你人前吃到人後，別人聚餐是為了聊天交友，你純粹是為了吃！夏曉兵說：你怎麼這麼多話啊？倪蕊又無語。

夏曉兵睡著時，嘴巴張著，仿佛還沒吃飽，他永遠是沒吃飽的樣子。這個人的嘴巴太戀著吃了，難怪說話的功能會差。

仰望明月，明月靜靜的，沈默著。倪蕊問自己：我和丈夫就這樣相處，何時才是盡頭？

她把夏曉兵約到陽臺上，她還是想和他談談。

對於我們之間，你有什麼話要說？倪蕊平靜地徵求夏曉兵的意見。

夏曉兵望著明月，明月靜靜地，沈默著。他知道他和倪蕊這樣不好。他不理解倪蕊的想法，不明白倪蕊為什麼把自己弄得那麼累，人活著舒舒服服不好嗎，還有，她怎麼那麼多話，說那麼多有意思嗎？

我等著你說啊。倪蕊催促。

你說說，你怎麼想的？夏曉兵冷冷地回問。這種語氣相比發怒，算好的。

倪蕊知道夏曉兵不知道說什麼。這個人平靜的時候，語言功能怎麼這麼差呢？他只有發怒只有發橫才說得出話來嗎？他腦海裏幾乎沒儲藏什麼辭彙，他習慣用一種表達方式表達不同的事情。他見到熟人總是會問：你忙什麼啊？沒有第二種問話。他每天清晨刷牙時總是把自己刷得乾嘔。他看電視時總是揪自己鼻子，把鼻子揪得通紅。他做這些動作都是無意識的，所以天天重複，他喜歡重複。而談話是不能重複的，因此他拒絕談話。

倪蕊整理了一下思路，儘量使自己語氣緩和；我覺得我們之間不能再這樣下去了。如果想繼續過下去，就應該好好過。如果再這樣下去，不如分開。

夏曉兵聽了：隨便你。

不要說賭氣的話。倪蕊堅持著自己的耐心。

算了算了。夏曉兵甩出口頭禪，轉身氣呼呼地進了屋。倪蕊望著夏曉兵的背影，在心裏大罵，但她不敢出聲，把這個男人罵急了，會打人。

倪蕊不是怕他把自己打痛，而是擔心人家知道他打人。她要為自己和孩子保護名譽。夏曉兵不保護自己的名譽，她替他保護。

3.

愛情饑餓的時候，越是渴望愛情。越是渴望愛情，越是厭惡做愛。

一天，倪蕊的公公婆婆要出去串門，他們吃了午飯才回家。倪蕊想，家裏的午飯還得自己做。時間還早，她想帶孩子出去溜達一圈。於是她對夏曉兵說：我帶康康出去轉一下，你把菜揀著、洗著，我回家做飯。夏曉兵沒說話，算是同意，相比抱孩子出去，他願意待在家裏。

倪蕊抱著孩子出去轉了一個小時，到了上午十一點，她回來了。看見夏曉兵依然是剛才躺在沙發上看電視的姿勢，她壓著心頭的火問：你怎麼沒揀菜？夏曉兵不出聲。倪蕊又問了一聲：你怎麼沒揀菜？夏曉兵瞟了一眼倪蕊，依然不說話。你聾了?!倪蕊忍不住呵斥。

夏曉兵從沙發上跳起來，使勁一吼：你才聾了！

那你神經病啊？問半天不出聲。

這神經病的稱呼激怒了夏曉兵，他猛地站起來，把倪蕊推到在地：你才神經病！倪蕊躺在地上看著這個瘋狂的男人，心想他完了。她忍不住大哭起來，夏康坐在床上，也哭起來了。

夏曉兵聽著倪蕊母子兩個人哭，心煩意亂，他氣兇兇地躺在了床上。下午，公公婆婆回了，倪蕊說起了此事。公公婆婆自然要批評夏曉兵。夏曉兵看父母竟然向著倪蕊，他說著說著，竟然哭起來了。他哭著吼叫說；她什麼都是對的，我什麼都是錯的，行了吧！

一個大男人為一件小事哭起來了，倪蕊傻眼了，這個男人讓她不明白，她懷疑他要進精神病醫院。公公婆婆看著自己的兒子忽然哭起來了，不知道再說什麼，他們離開了兒子的房間。

夜晚，倪蕊洗乾淨臉，用冷水敷了自己紅腫的眼睛。她看著鏡子裏自己憂傷的眼神，對自己笑了一下：多大的事呢？有什麼值得傷心的呢？孤獨，算什麼呢？

只不過越是孤獨，越是渴望愛情的感覺。這感覺從何而來？不是男人。倪蕊困在婚姻裏，走不出去，她發現自己根本不想走出去。愛情的滋味，她在幻想中品位，她在字裏行間抒發。那些甜蜜的詩句給她安慰，那些憂傷的詩句為她療傷。這一首《請你看看我的眼睛》就是她心裏溫柔表白：

請你看看我的眼睛——那裏有清澈的湖水、藍藍的天，這美好的風景是你給我的，我將呈現於你；請你看看我的眼睛——那裏有明媚的太陽、鮮豔的花，這美好的春光是你給我的，我也將呈現給你。請你看看我的眼睛——是不是像孩子一樣的清澈呢？是的，一定是的！雖然我的眼裏充滿血絲我的眼角有皺紋，可是鏡子告訴我，它們一點也不礙事。它們無畏地展現，帶給我蒼老的力量——這力量是你所賜。

請你看看我的眼睛——那雙堅定的眼睛。

倪蕊讀了一遍自己寫的詩，心中充滿夢幻的甜蜜和堅定力量，她不能再以淚洗面，不管是以怎樣的方式，她要讓夏康看見一個快樂的母親，一個堅強的母親。

作為一個老師，她清楚父母的個性對孩子能造成深刻的影響。她曾經教過一個孩子，名叫饒金剛。孩子的母親和父親沒有感情，母親愛上了別的男人，和別的男人遠走他鄉。他的父親把恨把抱怨掛在嘴上，一提起他的妻子，就說：我這輩子最恨的就是她！老師們勸他不要把仇恨在孩子面前流露出來，因為他的孩子非常孤僻、暴躁。他聽不進。他的兒子饒金剛真成了冷硬的金剛，在班上沒有一個小朋友，小朋友們都躲著他，免得惹著他。

所以倪蕊知道作父母的一定要控制自己，不能讓自己的負面情緒影響孩子。

孩子一天天長大，一天天獨立，終有一天，會離開母親，開始自己的生活，就像長大的鳥兒一樣，飛向廣闊的天空。那個時候對母親而言，是又憂又喜。喜的原因自然不用多說，憂的原因——倪蕊笑了一下：到那個時候，誰與我陪伴？

沒有愛情，沒有性（這倒是次要的，倪蕊常常忘記這個需要，有需要也不是不好解決），倪蕊和夏曉兵一個屋子兩張床，抬頭不見低頭見，不說話不互相對視，這讓人難受，倪蕊不知道還能堅持多久。但是相比家的完整，這個問題又彷彿是個小問題——忍一忍還是有必要的，當然，改變一下更好。

女人要管住自己的腳，不到處走，她覺得自己管得住。但是她的身體她的秘密通道，竟然開始造反了。

每個月，總有幾天，女人會興奮或煩躁，直到她安撫了身體，並且自己和自己溫柔對話，她的身體才暫且甘休。

後來，女人的甲狀腺得了囊腫，這個腺體也來搗亂，聯合她的子宮和卵巢。

某個春天的某個夜晚，倪蕊一個人在床上時，夏曉兵闖了進來。

夏曉兵看著倪蕊緋紅的臉，當然知道她在幹什麼。他譏笑著明知故問：你在幹嘛？

倪蕊若無其事：你說呢？

夏曉兵依舊譏笑著，轉身離開了倪蕊的房間。他認為自己此時在懲罰倪蕊，他知道倪蕊此時想了，但他不動她，讓她難受去。

倪蕊看著夏曉兵可惡的臉，心頭湧起憤怒：你笑什麼？你笑我自慰就是在笑你自己可憐。她起身光著身子站在鏡子前，看著自己的臉，柔媚地笑了：假如剛才夏曉兵抓住了機會，溫柔地掀開被子，盡一個丈夫的責任，情況會怎樣呢？

4.

漸漸地，倪蕊成了夏曉兵所說的乾涸的女人，儘管這個女人還有自己的標誌，但是這標誌的作用開始減低了。

倪蕊和夏曉兵還是夫妻，是那種彼此都自慰的夫妻，他們不需要彼此的身體，也不需要彼此的精神和靈魂。極少時候，他們做愛。

倪蕊覺得自慰是在殘害人的身體。自慰的人只要嘗到了自慰的甜頭，就再難停止，那種快速的強烈的高潮先吞噬人的身體，再吞噬人的心靈。

倪蕊從很小的時候就開始了。小時候她聽到父母床上的抖動，看見母親做愛前後都煩躁，喜歡指責和抱怨父親，但是在做愛的時候，沈默溫柔，像個女人，她就開始了對性又厭惡又好奇的念頭。最後好奇感戰勝了厭惡感，她無師自通，從七歲就學會了讓自己的身體快樂。

倪蕊不能做到像母親那樣，雖然不愛丈夫，卻能快樂地和他睡在一起。

倪蕊曾聽同學談論她們和丈夫的性事。一個同學說：她和丈夫一個月都沒有在一起了。另一個同學說：她和丈夫一個星期兩次。她們問倪蕊：你呢？

倪蕊笑而不答。她和丈夫之間屈指可數，說出去她們是佩服她還是可憐她？

夏曉兵在電腦裏儲存了三級片，為了他自慰更有快感。倪蕊發現了，讓他刪掉。她說：你把這些不乾淨的東西放在電腦裏，不怕夏康看見了嗎？

夏曉兵脖子一橫：那就不讓他看見。

倪蕊說；他已經會自己開電腦了，你能天天看著他，不讓他開電腦嗎？

夏曉兵這次不吼了。後來，他把三級片刪掉了。

這個事情讓倪蕊看到了夏曉兵身上多少還有作為父親的責任。

5.

倪蕊常常帶著夏康散步。夏曉兵不喜歡散步，如果在家，他更喜歡躺在床上玩電腦。她帶著孩子散步，心情愉快。如果遇見熟人問起丈夫，她就會撒謊說，他有事。有時她打算拉著夏曉兵一起散步或者看電影，每次看著他麻木、沒有表情的臉，倪蕊就會失去邀請的心情和勇氣。走在路上，倪蕊會和兒子談論他的父親，她告訴孩子：父親愛他。

倪蕊不會告訴別人自己和丈夫關係不好，早已分床。她的同事多事，問夏康：你跟誰睡啊？孩子自然說實話。同事還不滿意，她想親耳聽到倪蕊承認，於是她把夏康說的情況說出來了，然後觀察倪蕊的表情。假如倪蕊很緊張或生氣，說明孩子說的就是真的。但是倪蕊輕輕一笑，然後說，你對這個很感興趣嗎。同事尷尬地笑了。

倪蕊所在的中等城市，婚前同居者，人們指責；婚後分床，人們也指責。他們特別在意男女之間的事。

面對同事的懷疑，倪蕊不想用行動證明什麼，也不想妥協。尊重婚姻，就是在婚姻裏不作假。

每當倪蕊想起自己的婚姻現狀，感到迷茫的時候，她就想起自己的父親。到現在，二〇〇〇年，她的父親已經去世四年了。一九九六年，倪蕊和肖摯鴻分手的九月，父親遭遇車禍去世了。那一年，倪蕊二十四歲本命年。隨著父親的去世，她忽然覺得心裏空蕩蕩的，她忽然覺得自己仿佛一棵無根的小草。內心的悄然變化讓她發覺，在這個世界上，父親是最愛她的。父親為了她，不在乎母親的責怪給她買新涼鞋；父親為了她，在自己喜愛的書籍前轉身，省下的錢給她零用；父親帶她逛大城市，讓她長見識；父親陪她考試，一臉緊張的神情……從前，父親的沈默掩蓋了他的愛，父親走了，被埋進土裏，他的愛卻鑽出地面，變成一朵朵無形的花，開放在倪蕊的夢裏。

倪蕊時常分析父親對婚姻的態度。父親究竟愛不愛母親呢？倪蕊小時候受了母親對父親態度的影響，以為父親很糟糕配不上母親，長大後她漸漸瞭解父親的不凡、堅韌以及忍隱、無奈。父親的深度是母親的自以為是所不能比擬的。父親一定覺得和母親沒有什麼話可說，於是任母親誹謗指責他決不還口，他沉醉在酒精裏，沉醉在自己沈默的世界裏，他的沈默，也許不是使他和母親產生隔閡的原因，而是一種應對方式。

父親一方面沉醉自己的世界，一方面又參與母親和自己都需要的床第之歡。在性的問題上，他和母親不謀而合。他們不把性當做愛的象徵或結果——他們都知道這樣會很累，不快樂，所以他們即使相互討厭、厭倦，卻可以在某個時刻緊緊黏合在一起。

倪蕊想向父親學習。但是她不想經常那樣，她只想偶爾，那樣之後，只要不哭泣就好。

倪蕊親眼看見爐火把父親燒成灰。她看見她的父親躺在火海裏很順從，就像生前他對生活的姿態一樣。

倪蕊覺得人死了是有表情的。一個倔強的人死了，他的表情就是倔強的。一個自私的人死了，他的表情還是自私。父親死的時候只有五十六歲，他應該是很不捨的，可是他卻呈現出無所謂的表情，就像生前。父親出了車禍以後，就不能動彈、不能說話，卻還是可以呻吟的，可以用呻吟反抗命運的波折，可是他沒有，他躺著，依然沈默、順從。倪蕊為父親這種順從的堅強哭了。更讓倪蕊傷心的是，當父親永遠閉上眼睛，當父親化做灰，當父親被埋葬，母親都不在身旁！也許母親悲傷，難道悲傷是她成為不見父親最後一面的理由嗎？

對父親的回憶一旦開始了，便不會消失。倪蕊記得父親彌留之際就只是握住了她的手。就是那樣輕輕地握著，沒有力量地握著，卻讓倪蕊想起了父親的力量，父親給予自己的力量。

父親走後，開始出現在倪蕊的夢中。就是這些夢，讓倪蕊想起許多被她輕視的事。

當倪蕊休學再復讀沒有學籍，他給她改名換姓獲得新的學籍參加次年中考。他說，名字嘛，只是代號。爹媽給的爹媽也可以改。為了能夠再改回原來的姓，倪蕊想到了一個辦法，那就是有個被大家熟知的筆名，筆名的姓就是原來的姓，她要努力成為一個作家；

他用自己不豐裕的薪水養育了四個孩子，卻從不述說艱難；

對於孩子們的疏遠，他從不在乎。他只是一貫地默默愛著孩子們，盡自己能力。在命運面前，他用沈默攬下所有的錯。

倪蕊還想起父親避開不喜歡音樂的母親，偷偷給她播放音樂，他讓她坐在自行車前面，帶著小時候的她到處遊玩的快樂時光。

拂去心頭的灰，還原心的潔淨記憶。

對父親的回憶，開始使倪蕊反思自己的婚姻。對於婚姻，她不能只做忠實的紀錄者、接受者。她要作婚姻的反思者，以圖改變。這過程需要足夠的耐心。

倪蕊發現自己還在乎這表面完整的婚姻，她知道夏曉兵對婚姻也是一種被動的態度。他不會主動和倪蕊改善關係，他也不會主動放棄。他有一個口頭禪：我怎麼知道呢？他不會向別人訴苦，也不會跟別人取經，看書學習也不可能。他比倪蕊的嘴更緊，他守口如瓶。他的父母不會給他支招，告訴他了他也未必聽。對於婚姻，他只有一個態度，那就是不放棄。

6.

「親愛的倪蕊，你現在還好嗎？與你分別六年，我每時每刻都在想你。想你，想你，是我生命的意義。想你，給我生命的激情。」這條不期而至的短信，讓她的心砰砰直跳。多少年了，沒有人對她說過這樣的話，她的大腦中分管語言和聽覺的神經都缺少這樣的滋養。愛情，哪怕愛情只是吹了吹風，就讓人精神抖擻。倪蕊才明白自己，她是多麼在乎愛情。她發現自己築起一道牆，抵制愛情是多麼的失敗，一陣愛情的風就把它吹倒了。

是肖摯鴻。這個破壞他和倪蕊完美愛情的傢伙，時間使他後悔了，使他明白了只有倪蕊才是他的愛情。

倪蕊還真沒想起他。與他分開六年，她把自己封閉在婚姻的城堡裏，保胎、生孩子、養孩子、與丈夫分床，一系列好和不好的事，佔據了她的心，她高興她苦惱她分析，她無暇顧及別的。她要保守一個個沉重的秘密。她不能對醫生，對母親，也不能對公公婆婆說自己先兆流產是因為夏曉兵不付責任不計後果地與她做愛，當然她自己也有責任，她沒有果斷地拒絕。從那以後，她就學會果斷地拒絕了……

「倪蕊，當初你為什麼不聽我的解釋，那個罪證——筆記本，你為什麼不向我問罪就一走了之？當然，我不是怪你。你看看，時間證明了我是愛你的。事實上，我和那個女人認識不到一個月，交往也不到一個月。她向我示愛，我一時興起，就回覆了。我沒想到她悄悄地把我送給她做紀念的筆記本塞到了我的旅行包裏，這個可惡的女人。還有，你寫給我的信，我一直都保存著。」

「倪蕊，蕊蕊，我愛你，你是我今生唯一的愛人！」

自己的名字又被一個人親切地呼喚，這個人又是她從小就愛著的，倪蕊淚流滿面。倪蕊知道，即使不是肖摯鴻，是另外一個人，如此深情地呼喚她，她也會感動的。一個人，就是需要親人親切地呼喊。當孩子一聲聲親切地呼喚她媽媽時，她的愛連綿不斷。她的名字從未被夏曉兵溫柔地呼喚過。這個男人，連呼喚自己老婆的名字都透著不耐煩，他喊得那樣難聽。

倪蕊需要傾訴，哪怕把自己假設成原來的自己。

一些愛情的片斷，像一把手術刀，從倪蕊的心頭劃過，赤裸裸帶著血呈現在她面前。肖摯鴻，小時候坐在她身後，喜歡用手輕撫她的長辮子，在她受老師奚落時給她一個微笑。肖摯鴻，從小就走近她的夢。

他們久別後在火車候車室重逢，他們重逢後四年約定，她的思念，她寫的一封封信，她怎麼能忘記呢？

別說是她現如今和夏曉兵分床，就是同床，她和肖摯鴻之間從少年就開始的戀愛，豈能輕易忘記？而她，在和丈夫半分居生活的這兩年裏，還真沒想起肖摯鴻——她把自己壓抑得還算可以。原來她的思念，一直在那裏，只不過從前擱淺了。思念存放的時間的越久，迸發出的愛的能量就越大。

7.

肖摯鴻進不去，貼著倪蕊的耳朵問：你的那個小洞呢？倪蕊說：我不知道啊。肖摯鴻愛憐地歎口氣：真是一個小笨笨啊……乖，閉上眼。他在她身上探索，用手用嘴，極其溫柔。

倪蕊陶醉地忘記了一切。她的身體像一片羽毛，飛起來了。她怕自己飛離了他，於是緊緊抓住他的肩膀。

肖摯鴻親吻了她的每一寸肌膚，到達那裏時，倪蕊連忙按住，緊張地說：別親這裏了，髒……

肖摯鴻頭也不抬，深情地說：我的小蕊，你的玫瑰花很漂亮呢，怎麼會髒呢？誰說它很髒？

倪蕊不說話了，也許因為她的私處從小被母親罵多了，便下意識地認為自己很髒。

肖摯鴻是真正的親吻，讓人醉。他的親吻不是手段，倪蕊喜歡這些因為愛而進行的親吻。親吻夠了，肖摯鴻讓自己的那兒和倪蕊的外面挨在一起，溫柔地摩擦，最後他射了。他一邊射一邊說，現在不能結婚不能要小寶寶，所以暫時不能放在你裏面。

燈光下，他的體液像一堆柔軟的寶石，閃著晶亮的光，有一種淡淡的芬芳。這是生命的源泉，是愛情的禮物，倪蕊久久不願擦去。想著它們有朝一日與自己身體裏另一些精靈相遇，變成美麗的生命。

倪蕊知道自己能夠享受和回味肖摯鴻給予自己不完全不徹底的性，是因為有愛，有神聖的愛作為理由。沒有愛的性愛，只是一種絕望的快樂，轉眼即逝。

倪蕊也知道，自己和肖摯鴻，還只是回憶狀態的愛。那愛能不能穿越回憶，走進現在，還需要時間和時機，更需要看它自己的性質。這愛是變堅固了還是變軟弱了，需要冷靜觀察。

第五章 冷靜的孤獨

1.

一九九六年倪蕊與肖摯鴻分手至今，已有五年時間。五年裏，發生的事情只有兩件，倪蕊為人婦，肖摯鴻為人夫。當初相愛的兩個人都成為別人的某某，彼此再沒有實質性的聯繫。倪蕊看著他的短信，感覺既陌生又親切。親切的是那份回憶，仿佛只在昨天。陌生的是彼此的關係，現在是什麼呢？情人？不是。他能給自己實質的愛情滋潤嗎？不能。朋友？也不是。他們能大方地像一對真正的朋友那樣相見嗎？他們難以相見，不是因為距離——過去比這更遠，他可以說來看她就來看她，而是因為時機、時間，或者心情不再那麼迫切等等很多細小又關鍵的問題。

肖摯鴻的短信還是有作用的，對倪蕊而言。每次看到他的短信，她的心情就像見到了躲進雲後面的太陽一樣，有了放晴的兆頭。尤其是肖摯鴻在千里之外借著短信曖昧地說：親愛的，我想你，我需要你時，倪蕊的性意識被喚醒了，她感覺自己並沒有性冷感，不是像丈夫所說的那樣。當然沒有愛，她暫時會冷淡。這都是相對的。

在家裏，丈夫夏曉兵、公公和婆婆，對倪蕊好與不好，倪蕊不在乎。她在乎兒子的愛，她在乎她愛的人。如果不是為了給兒子營造一個正常的家，倪蕊可以與他們一句話不講，反正他們也不喜歡找她說話。公公婆婆不喜歡她，因為她不甘於做一個他們眼中的平常女人——她這女人不是學習就是寫寫畫畫，還好她在努力地管孩子，不然他們不會放過她。丈夫夏曉兵本來就不喜歡講話，更不喜歡和她這個他認為很奇怪的女子，因此她找他說話時他自然沒有好言語——她不計較他。他們三個人有時聯合在一起，誹謗她，與她吵架，希望這樣能夠壓壓她心裏的怪念頭，在家裏平平常常的，不要做些與家裏格格不入的夢想。

在家裏，除了陪伴孩子，倪蕊就待在自己房間裏，看東西、睡覺、發呆，她可以在房間裏一待就是一整天，關著房門。公公說：真不知道你一天到晚關著房門幹什麼？婆婆接著說：她要寫文章當大作家呢！有一次夏康吵了公公看電視，公公便衝著倪蕊的房門大吼：出來管管你的兒子！倪蕊被吼煩了，猛地把門打開，怒視公公：我的兒子您的孫子他怎麼吵您了?!公公說：他吵得我看不成電視！倪蕊說：又不是我讓他吵您的，您衝著我吼什麼?!公公毫不示弱：你把他管著他就不會吵我了。

倪蕊出了房間，看著在另一個房間裏躺著看電視的夏曉兵，歎了口氣。夏曉兵知道自己的父親和妻子在爭吵，竟也不出來阻止。他在看電視，倪蕊在寫東西——誰此時更有時間管孩子呢？如果倪蕊此時不是在寫東西，而是跟他們一樣躺著看電視，夏康吵公公，公公是不會發脾氣的。

倪蕊不想再說了，她和公公說不清楚。她把兒子夏康拉進房間，給兒子一本書，柔聲說：乖，你自己先看看。等媽媽把這一點寫完了就陪你玩好嗎？

夏康懂事地說，好。

公公的聲音忽然響起：寫寫寫，給我出去寫！

倪蕊聽了，火直往腦門竄，她看了看正認真地讀書的兒子，搖搖了頭，忍住了心頭的火。

三歲的夏康常常問倪蕊：爸爸那次打了你，你還哭了是不是？他在向倪蕊求證，看自己的記憶對不對。倪蕊笑著說：你爸爸沒有打我啊。不對！他那次打了你的，他用遙控器砸你，他把你推倒在地，你忘了嗎？夏康堅持。小傻瓜，那是爸爸跟媽媽鬧著玩的，媽媽都忘了。倪蕊儘量輕描淡寫，只有她表現出忘記的姿態，兒子夏康才會慢慢忘記。

夏康不言語了。

倪蕊可以欺騙兒子，卻欺騙不了自己。她忘不了夏曉兵打自己的那種仇恨和冷漠的眼神。她很難做到像她的父母一樣，白天互相打罵，夜晚依舊做愛，然後第二天又恢復敵對和厭惡。

很小的時候，倪蕊看父母那個樣子就想，如果做愛，就應該有愛，應該更愛；如果不愛，就別做愛。如果僅僅是為了慾望利用對方的身體，這對夫妻是一種褻瀆。

童年的記憶是不是在我心裏留下了深刻的烙印呢？倪蕊問自己。

2.

倪蕊的好友左芬芳來了。她哭訴自己實在沒有辦法和丈夫同床。

左芬芳大倪蕊十歲，兩人是同事，在學校不是一個年齡層的兩個女人反而容易交往，因為沒有利益衝突。倪蕊曾目睹左芬芳的老公很細緻很用心地照顧她。他可以去郊外採集野韭菜，回來做韭菜雞蛋餅給左芬芳吃。他親自種梔子花，因為左芬芳晚上聞到這種花香睡眠很好。他戒煙戒酒，讓倪蕊和同事們看到了他的誠意。左芬芳卻對倪蕊悄悄說：他這個男人，噁心！

倪蕊不知道怎樣安慰她。她親眼看見自己的丈夫和一個暗娼，在自己收拾得乾乾淨淨的床上翻滾。

左芬芳罵暗娼，那暗娼毫不示弱，指著左芬芳的鼻子罵：你兇什麼，你老公說和我在一起爽死了！她跟你說過這樣的話嗎？

左芬芳看著用床單遮住自己下體的老公，她看見他茫然又心虛。她不知道男人的那東西到了妓女那裏，怎麼會那樣歡欣。

你滾！左芬芳指著暗娼罵。那女人哼了一聲，慢慢穿好衣服揚長而去。

更可氣的是，那暗娼隔天穿得人模狗樣，糾集幾個婦女，趁無人把左芬芳堵在學校門口，破口大罵。

左芬芳沒有把暗娼罵自己的事情告知老公。她的老公從那事以後，像個犯錯的孩子，只知道悲傷地哭泣，六神無主，她看到他那個樣子，擔心他知道了會瘋掉。她只有獨自面對，忍受。但她忍受不了和丈夫同床，她要離婚。

她的女兒威脅說：如果父母離婚，她就去死！左芬芳心軟了，女兒正在讀高三，一想到自己的決定會影響女兒一生的命運，她忍住了。

左芬芳試著原諒丈夫。她先是和丈夫散步，給丈夫做飯、洗衣，然後和丈夫恢復同床，只是還不能做愛。她說不做愛還好，一做愛就會想起丈夫和暗娼在一起的畫面。

左芬芳說，剛開始自己忍得住——忍久了身體像提出了抗議，想要的感覺反而比過去強烈了。

為了報復丈夫，左芬芳在網上同多個男人聊天。那些男人，動不動就說；我們聊點特別的吧，我一看見你就很衝動。剛開始這些話給了她性的安慰。在網上，男人愛說自己激情似火，說自己一夜能做六次，還問：你可以承受六次嗎？左芬芳答覆：你他媽真的能做老娘我就能要！她不知道她為什麼生氣罵人。雖然她罵人了對方卻很高興——這女人有感覺了。倪蕊知道左芬芳為自己如今只能靠聊天緩解性的饑渴而生氣。

倪蕊問：難道你沒和網友約會？

左芬芳吞吞吐吐，最後說：有過一次。她和一個小自己十九歲的男孩子見過面。那男孩年輕英俊，聲稱自己喜歡和媽媽型的女人交往。左芬芳不相信，問為什麼。男孩說，因為那樣會得到真正的滿足。左芬芳說，你沒有媽媽？男孩漫不經心：我的媽媽從小拋棄了我，我恨媽媽，可是我又很嚮往媽媽。

左芬芳猶豫著。男孩連忙說：我們見面只是聊聊天，你怕什麼？

聊聊天，怕什麼？左芬芳問自己。她同意了。

倪蕊忍不在插話：是不是去年十一月，你瘋買衣服的時候？

左芬芳臉一紅，說是的。為了讓自己看著顯年輕，她買了幾件女孩子的衣服樣式，也確實把她顯年輕了。

兩個人見了面。男孩比視頻裏還帥，人看著乾淨清爽陽光健康。左芬芳想，今天來陪孩子了。

男孩說，謝謝你今天來我的家，讓我找到了有媽媽的感覺。

我沒有兒子，你也讓我找到了有兒子的感覺。

男孩堅持自己做飯，他讓左芬芳靠在床上看書。左芬芳看他租住的小屋還算乾淨、床也乾淨，於是她就半躺著看書。

忽然，她感覺身邊多了個人。男孩不知什麼時候悄悄爬上床，熱情地看著她。

她又驚又興奮，整個人愣住了。男孩忽然吻住了她，並一路快速吻下去，吮住了她的乳頭。他一會兒輕輕地，一會兒重重地，一會兒舔，一會兒咬，讓她沉醉了，享受著。

過了很久，她睜開了眼睛，赫然看見男孩全身赤裸，那活兒高高地挺立在她的眼前。

男孩對自己很有信心，他讓左芬芳近距離地欣賞它，他知道她會欣賞的。果然，她就欣賞著，目不轉睛，臉色潮紅。他知道她此刻心裏想幹什麼。他不會輕易滿足她。

男孩知道火候到了，他忽然把那活兒送到左芬芳的嘴巴前。由於他太激動，那活兒頂住了她的鼻子。她聞到了一股腥臭，忍不住嘔吐起來。

男孩從沒見過這樣的架勢，他的自尊受到了傷害，一下子疲軟了。他去了廁所。左芬芳趁他沒出來，趕緊逃離了男孩的小屋。

左芬芳說，那種味道實在不好聞啊。讓她一下子清醒過來了，不然……即使丈夫背叛自己，自己也不能背叛自己啊。

3.

做得好，左芬芳。倪蕊心想，不管有沒有愛就做愛是可恥的。性中有愛，愛中有性，性愛不分離才會獲得真正的快樂。

在身體渴望和內心壓抑的交戰中，身體有時會贏。

左芬芳向倪蕊訴說著心裏最秘密的話兒。她說她已經和手指纏綿了兩個多月了。

倪蕊心說，我已經兩年了。

和自己手指纏綿，幾乎每次都能達到快樂的頂峰。但是每次平息過後，內心有無盡的落寞和哀愁，左芬芳說，我很懷念原來和我老公在一起的夜晚。倪蕊笑笑，那就再回到從前啊。左芬芳羞澀地說，你在笑我。

左芬芳走了，看來她要回心轉意，原諒丈夫了，她的丈夫付出的誠心和悔意終於有了美好結局。倪蕊祝願她有一天和丈夫同床時能夠完完全全接納彼此，不用保險套，像從前那樣，反正她上了環也不怕懷孕。

你是值得我祝福的，我很欽佩你，當曾經的愛情成了血肉之愛，骨肉之愛，當你能夠寬容愛人，聽從自己內心的需要，敞開母親一樣的胸懷再次接納愛人，你會擁有幸福的，我深深地祝福你。倪蕊心裏說。她無法讓自己跟左芬芳一樣——人家是兩口子一起向一個「和」的方向走，而她是獨自一個人，夏曉兵沒有方向，給他一個方向他也不同意。她只有一個人慢慢地，努力改善。

在好友的故事裏，倪蕊看到坦然面對挫折的不易和美好。那修補過後的美麗，是殘缺的美麗、堅強的美麗、忍讓的美麗、寬容的美麗、坦然的美麗。一旦坦然了，再不堪的現實也輕如羽毛。

幾個女同事聊起了性。其中一個問倪蕊：你一個月和你丈夫來幾次啊？倪蕊認真地說，六十次。

什麼？六十次？每天兩次，不，有時三次，要補上例假時少做的——你們很恩愛啊。同事眼裏寫滿疑問。

月色如鉤的夜晚，倪蕊獨自躺在床上，笑自己：我今天撒的謊也太明顯了。我為什麼要撒謊？說明我心裏很想嗎？還有，承認自己和丈夫正在分床是一件丟臉的事情嗎？不是的。我只是想維護我的家，給別人一個完整的美好的印象。我心裏還有這個願望，這是不是受了左芬芳的影響？但是，我的心是那麼渴望，那麼渴望愛情。我的渴望，使愛情想要統治我——我要注意反抗。既然在精神上無力反抗，我就在我的小說裏詩歌裏向愛情投降向愛情致敬。在現實生活中，我不能太想著愛情。我的丈夫，我儘量開始用朋友的身份和他相處，他不理我我不能再不理他了。不能讓我的孩子我的天使看到父母在互相冷淡，這不好很不好。難道我的父母對我的影響還不夠嗎？我怎麼能重蹈我父母的覆轍呢？

4.

倪蕊和孩子在一起的時候很快樂。她喜歡看孩子的一舉一動，特別是他睡著的時候，很乖很純潔的樣子，真像個小天使。這小傢伙只有在睡著時才安靜乾淨，也只有這個時候，倪蕊才能順利地給他剪指甲、抱他親吻他。孩子果真是上帝賜給母親的禮物，給母親帶來快樂和希望，給母親勇氣。倪蕊也知道，孩子有孩子的天地，她不能依賴他。很多時候，孩子需要離開母親，離開母親他才能獨立、勇敢，這個時候母親還用愛干預孩子是自私的。母親不能使孩子太愛母親。當孤獨來臨，母親要自己扛著，不能把孩子留在身邊，讓孩子看到自己的愁容，讓孩子受到影響。鬱悶的時候，倪蕊就一個人痛哭。當孩子回來了，她就洗淨臉，笑容滿面地迎接孩子。

偶爾，她還是會回憶。那些回憶到哪裏去了呢？怎麼不入夢呢？不見面、不入夢，她感覺那些回憶就快死了，那些回憶是不是太輕，就快被時間的風吹散了？她知道，他是另一個女人的丈夫，另一個孩子的父親。那個孩子，集合著他和那個女人的特徵。這些特徵，以永恆的方式聯繫著一個男人一個女人和一個孩子。就像夏康，集合著她和夏曉兵的特徵。夏康有倪蕊的笑容和鼻子，有夏曉兵的眼睛和臉型，使婚姻不容忽視。

在倪蕊沉思時，夏曉兵在另一個房間玩電腦玩得睡著了，眼鏡忘了取下，燈忘了關。倪蕊輕輕走過去，幫他取下了眼鏡，關了燈。

夏天，夏曉兵穿個小褲衩，肥肥的屁股根本兜不住，還有他的私處，常常可憐地露出來他還不知道。倪蕊遞給他一個大褲頭，說你穿上吧。他接過去，沒有問：你什麼意思啊?!他不想聽從倪蕊的安排。

公公和婆婆都是這樣，都不在意自己的身體秘密被暴露。他們穿個鬆鬆的褲衩，大張著腿坐著，真讓人替他們難為情。

他們的舉動，讓倪蕊不禁想起了自己的父親。她的父親在這些方面很注意，其他方面更是講究。父親追求愛好的執著，不被母親看好的精神，其實是留給倪蕊的寶貴財富。應該說，父親是自尊自愛——對身體是，對精神更是。

父親，那樣沈默，怪異，常常在半夜裏，從床上爬起，練毛筆字或畫畫。從前讓孩子們疑惑的這些舉動，終究會成為他們永難忘記的畫面，影響他們。

父親夜晚清醒著，白天卻不是。他喝酒，沉睡，旁若無人地沉睡，即使狗在他身旁狂叫，他也不會醒來。每當倪蕊看到他這個樣子，就在心裏隱隱擔心，他擔心他就這樣睡過去醒不來。但她那時總把擔心放在心裏，不說出來。

倪蕊後來的擔心驗證了。父親酒後騎車被車撞了，果真就昏迷了。當他終於醒過來，有一點意識，倪蕊的堂哥問他，以後好了還喝酒嗎？父親笑了，是害羞地笑，他已不能開口說話。然而短暫地清醒之後，又昏迷了，沒有再醒過來。

5.

倪蕊跟好朋友對話。好朋友在筆尖上尖銳地批評她，她悲哀地回答：不用告訴我我這樣錯了，不用告訴我。我比你清楚自己的處境，我知道我知道，我正在想辦法改變。

每天晚上，倪蕊與自己對話。她要給自己一個方向。她安慰自己，她修煉，她一個人在床上思考，思考讓她日趨平靜。

面對孩子，一顆心明亮起來。倪蕊用溫柔地眼神看著他，看著他她就覺得是幸福的。當年早產的夏康，而今健康地長大了。到了三歲，對母親的依戀甚過父親。他總是願意選擇和母親一同出去。一次，夏曉兵讓夏康跟他一起出去，夏康說不，說要跟媽媽一起出去。夏曉兵聽了火了，吼叫：你邪了！老子要你出去你竟然不出去，真不知好歹！

倪蕊無聲地看著盛怒的丈夫，平靜地對夏康說：你去吧，爸爸帶你去好玩的地方。

夏康看到倪蕊的鼓勵和平靜，擦乾了眼淚，跟著他的父親出了門。

倪蕊不擔心夏曉兵在路上還會吼叫夏康，剛才的吼叫主要是衝著倪蕊的。他怪倪蕊搶佔了兒子的愛。倪蕊不在，他自然會淡忘。在路上，他很享受他在前面走，兒子跟在後面的感覺。他不愛牽著兒子的手。

夏曉兵帶夏康去的地方，有很多小朋友，這些小朋友很喜歡夏康，他們在一起很開心。於是夏康就明白了跟著父親出去玩也不錯。

倪蕊不想加入夏曉兵的圈子，夏曉兵也從未邀請過。她以前在夏曉兵同事的邀請下參與他的活動，那比她一個人待著難受。

二〇〇一年元旦，倪蕊一個人走在街上，燈火輝煌。她給夏曉兵打了個電話，說當晚的電影很好看，她想看電影。她想製造一個圓滿和睦的新年開始。

夏曉兵在電話裏沒有顯示她預期的反應，他平淡地說他現在很忙，等一會再說。倪蕊沒有氣餒，她下定決心要過一個美好的元旦。等了一會，她又打電話過去，問，忙完了嗎？我在街上。

街上人很多，倪蕊也顧不了，她說今天是新年第一天，他們應該好好度過這一天。夏曉兵說：我現在很忙。

事不過三，我充滿誠意地邀請三次，三次之後他依然這個態度，我就算了。倪蕊心裏想。她知道夏曉兵在吃飯，他少吃點少喝點應該是可以的。於是她在街上逛了半個小時，又打電話給夏曉兵，說今天電影很好看。夏曉兵在電話裏楞住了，心想這個女人還真是執著，她總是這樣，弄些莫名其妙的事，讓人措手不及。於是他不耐煩地說：看什麼電影啊，怎麼硬要今天看?!

電話裏傳來一個「喝」聲，夏曉兵就掛斷了電話。

倪蕊呆呆地站在街上，知道夏曉兵的酒喝得正起勁，他不想從酒桌上離開。她在心裏想：這個男人，哎！

她對改變自己的婚姻又失去了一點信心。每當她對婚姻失望時，她就牢記自己作為母親的責任，她要用自己強烈的責任感給自己打氣，鼓勵自己。於是她連夜寫了一首歌，提醒自己，不要輕易打碎家庭，不要折斷孩子的《翅膀》——因為僅她一個人，不能成為一雙「翅膀」：

每當黑夜來臨，媽媽把我抱在懷，歌聲伴我入眠，讓我夢兒香甜；每當風雨來臨，爸爸牽著我小手，陪我踏過泥濘，讓我勇敢向前。

時間一天天過去了，我一天天長大了，好像鳥兒展翅飛，飛向藍天。

噢，媽媽，我溫暖的翅膀，你帶我飛向月亮，讓我從不迷茫；

噢，爸爸，我堅強的翅膀，你帶我飛向太陽，讓我充滿希望。

噢，爸爸媽媽，你們是我的翅膀，我們永遠永遠在一起，幸福飛翔。

6.

走在陽光下，倪蕊看見夏康的一邊有影子，另一邊是空的。她在心裏說，我親愛的孩子，此生我可以愛你照顧你陪伴你，但是沒法讓你的影子在陽光下被兩隻不同的手臂擁抱。親愛的孩子，雖然如此，我不會放棄。沒有看見你爸爸的時候，媽媽會肯定你爸爸，說你爸爸還是愛你的，他經常帶你出去玩不是嗎？你爸爸對媽媽也比以前好多了，以前他打媽媽，現在他再也沒打了不是嗎？

倪蕊常常告訴兒子，爸爸是愛你的，這是真的。雖然你淘氣的時候爸爸打你吼你，但是很多時候，他對你還是很溫和的。

她要兒子相信自己擁有爸爸和媽媽兩個人的愛。

夏康走在路上，眼睛不停地到處張望，搜索好吃的，好玩的，倪蕊也陪著一起看，有時候也買，然後一起分享。她最怕在路上碰見夏曉兵，他分明看見了她和兒子，居然連招呼也不打一個，好像沒看見一樣，擦肩而過。如果兒子看見了夏曉兵，她會興沖沖地對兒子說，你爸爸啊。夏康受了她的情緒的影響，高興地喊：爸爸！

倪蕊不想夏康看見她對夏曉兵的不滿。從前她厭惡甚至仇恨夏曉兵，現在不了。那兩種情緒有害無益，對自己的心情對兒子的成長都不好。她掩飾自己的壞情緒時，壞情緒有了緩解。她平靜地和兒子談論夏曉兵。當夏曉兵不想說話卻被倪蕊逼著說話心裏很煩吼叫時，倪蕊不還擊。她只是平靜地告訴他，只是問問你，你怎麼發那麼大脾氣呢？夏曉兵不說話了。

倪蕊知道自己從前做得不好。在兒子還是胎兒的時候，她不冷靜愛生氣。夏曉兵發脾氣，她也發脾氣，甚至歇斯底里，兒子在她的肚子裏受到了驚嚇，才八個月就早產了。夏曉兵不知道自我總結，不會反省，她不能和他一樣，不然夏康會受到更大的驚嚇。

倪蕊把婚姻的不愉快放在心裏，放不下時，她就轉移，轉移到她的小說裏、詩歌裏，她只把燦爛的笑容呈現給孩子。孩子說：他最喜歡看媽媽的笑容，媽媽笑起來很美。倪蕊聽到這樣的話，心裏很幸福。

她一定要做到：容易幸福、不容易悲傷。

夏康關心倪蕊，吃飯的時候他會惦記她吃了沒，喊她一起吃。當他看見倪蕊受了傷，哪怕一點點傷，會關心地問：疼不疼？很多時候，倪蕊感覺兒子夏康其實是她的翅膀。她就帶著一隻翅膀，把孤獨化作一種力量，向上飛。

倪蕊不擔心公公婆婆對她的中傷會影響自己在夏康心中的形象。

當初倪蕊受到母親對父親態度的影響，疏遠了父親。而父親的沈默和孤獨就是在妻子和兒女的疏遠中慢慢形成的，同時，兒女也養成了冷漠和挑剔的性格！所以，她要引以為戒。對於丈夫，愛很難，可是尊重、禮貌、友好並不難！對，她要做到這樣。

夏康在倪蕊眼前，像一抹永恆的陽光，她雖然很累，但在陽光的照耀下累得踏實；夏康像一堵牆，把絕望和冰冷擋在倪蕊的生活之外。兒子夏康是她的定心丸。

手機，在無數個孤獨的夜晚，給了倪蕊安慰，它像一隻多變的手，時而溫情、時而激情。半分居的倪蕊保有一顆快樂的心，手機起著重要的作用。

最初，倪蕊打算囚禁自己，後來發現這是徒勞的。於是她先釋放自己的心靈，讓心靈在釋放之後呼吸新鮮空氣，同時通過回憶進行自我解剖，自我療傷。她相信心靈是根，心健康了，她的身體就會好的。

第六章　再別過去的愛情

1.

二〇〇二年的一個冬夜，十二點，夏曉兵回家了。他還是這樣，回來再晚也不解釋原因，如果問他，就說有事。於是，倪蕊、公公和婆婆都懶得問他了。

夏曉兵喝了酒，神經受了刺激。他洗了澡，刷了牙，推開了倪蕊的房門，什麼話也不說，睡到了她的身旁。

倪蕊說，我的腳凍了，又痛又癢。他進來時倪蕊正在搓腳。倪蕊的腳一到十一月份就開始凍，防不勝防，有時中午睡個午覺腿縮著就凍了。

夏曉兵聽了沒說話，又彷佛沒聽見一樣。如果他關切地問：哪裏癢啊，我幫你揉揉。倪蕊也許會依了他。他不說，是因為覺得腳癢沒什麼了不起的，他現在只關心他的慾望。他的慾望來得也不多，來的時候急忙卻不堅決。如果堅決他就會想辦法志在必得，就不會因為倪蕊一句話洩氣。想起剛結婚那個月，倒是有蜜月，但一天最多兩次。他因為胖，容易疲倦，所以做一次就想睡覺了。夏曉兵的慾望現在很兇猛，他不顧自尊地來到倪蕊的房間。他平常很硬氣，不理睬倪蕊不跟她說話。

夏曉兵用發燙的東西頂著倪蕊，倪蕊忍著腳的痛和癢，應付著他。她實在不忍心拒絕他，她記得自己決定要改善兩個人的關係。

夏曉兵在上面賣力地扭動，不說一句話，倪蕊毫無快感，她奇怪自己的身體在他這樣強烈的刺激下，怎麼不被調動呢？自己的身體是很敏感的。夏曉兵終於射了。

夏曉兵完事以後，依然不說話，他處理了一下自己，又拿了一些紙給倪蕊。倪蕊儘量忍耐——她覺得他處理自己體液的方式噁心。他總是先射在自己手上，然後到廁所洗手，他喜歡自己的精液在手心的感覺嗎？那樣有一種勝利的感覺嗎？

倪蕊木然地擦拭自己，她還沒有處理完畢，夏曉兵疲憊地離開了她的房間，回到了自己的房間。

倪蕊分析自己，那唯愛是圖的身體和靈魂，何時能改變一下，以適應一下她的婚姻她的丈夫。

在與夏曉兵分床的日子裏，剛開始一個月有兩到三次自我安慰。在整個過程中，她什麼也不想，也沒有什麼令她想入非非，於是只有快樂。

儘管如此，倪蕊依然渴望愛情。這份渴望被她壓抑著，但能量強大。哪怕她不採取任何行動，她的心卻蠢蠢欲動，在夢裏，在思想裏。當壓抑不住的愛情的念頭出現時，她的身體竟然得到了指令，不肯屈從主人非人道的安排，開始反抗。她再進行自我安慰時，下面開始疼痛，到最後竟流出鮮紅的血。

再這樣下去，不與外界接觸，一味地與夏曉兵過著半分居生活，並把自己囚禁在半分居生活中，任由夏曉兵自由來去，是不行的。恐怕她拯救不了婚姻反而把自己弄病。倪蕊看著自己的身體想。

肖摯鴻在我的生命中還有實質意義嗎？當他的柔情蜜意的短信又一次來臨時，倪蕊不禁想起了這個問題。

肖摯鴻，這個名字對倪蕊而言不僅僅是一個名字，它是一個深刻的印記。是她生命中唯一的愛情印記，並且還未消失。這個印記問題和剛才的實質意義問題出現在她的腦海裏，使她感到矛盾。

肖摯鴻在手機裏，傾訴著他對倪蕊的深情，讓倪蕊的心裏有了片刻的寧靜。愛情，美妙的愛情，有如氧氣和救命丸的愛情。倪蕊承認自己是愛情的信徒，這沒什麼不好意思的。

之前，肖摯鴻在手機裏引誘、挑逗著倪蕊，倪蕊竟然獲得了久違的美妙感覺。文字的性愛，給了倪蕊更多的幻想空間，使她在與手指纏綿時獲得了更多的歡愉。

肖摯鴻配合了倪蕊的幻想之後，忽然消失了一段時間。想必被老婆看緊了不能自由地發短信。他再發短信沒解釋，她也沒問。

除去他們的「筆記本事件」，其餘時候都是美妙的。尤其是童年，他安慰她鼓勵她，讓一個被老師奚落被母親毒罵的小女孩感到溫暖。他們過去的戀愛，總體上說是勇敢、熱烈和真誠動人的，如今愛情成了什麼？不是信念了嗎？只是填補精神空虛的「小人物」嗎？

倪蕊想知道答案。她在一天中午撥通了肖摯鴻的電話，電話響了沒有人接聽。這應該就是一個危險的信號，但是倪蕊顧不了了。

之後，一串陌生的電話打進了倪蕊的手機。她剛接就斷了，如此反覆五次之後，倪蕊發資訊過去：是你嗎？

沒有回信，但是電話又來了。這次對方讓倪蕊接聽了，是肖摯鴻的老婆。她一開口就罵倪蕊不要臉，想男人找自己老公，幹嗎找別人的老公呢？

電話裏，倪蕊還聽見她吼叫肖摯鴻：你不是想接這個女人的電話嗎？快接啊快接啊。肖摯鴻無聲無息。

倪蕊心裏冒出一股火，她為自己過去的愛情感到悲哀。她壓抑怒火，平靜地回罵：你這個死女人，我不過是給同學打個電話，你緊張什麼？找把鎖把男人鎖在褲子上！

說完這句話，倪蕊不理會肖摯鴻的老婆，掛斷了電話，她知道那邊不會發生什麼事。肖摯鴻的軟弱和忍讓，一定會讓那女人勝利。

2.

倪蕊感到悲哀，不是因為自己受了侮辱，而是因為愛情此一時，彼一時，物是人非。

十年前，倪蕊在電話裏不經意地說，她有點不舒服，肖摯鴻就買了票，不聲不響穿越幾千里來到她的身邊。而今，他連接電話的自由也沒有了，更別說來看她了。

肖摯鴻只能在手機裏無聲地發資訊，傾訴對倪蕊的思念。只要他的傾訴得到了回應，他就很滿足了。

後來，倪蕊不再回應肖摯鴻，不管他在手機裏發了多麼纏綿的資訊，不管她感到多麼的孤獨。

他們的愛情，只剩下一毛錢了嗎？一毛錢的短信，一毛錢的回憶。真是可憐。

肖摯鴻懷著對另一個女人的愛和幻想和妻子做愛，這是一種虛偽，還是一種偉大的犧牲，抑或只是無奈。有一個辦法倒是可以說服自己，生殖器是性器官，那就讓它只履行性的義務。愛的問題，留給心臟吧。

有房子住、有飯吃、有一個健康可愛的孩子，這一切可視的物質化的存在，是幸福的，美好、安寧，那麼，倪蕊和夏曉兵之間在這些方面還有著共同的幸福。倪蕊所追求的所思索的——愛情，是不是過分了呢？倪蕊獨自問自己。她不想把這個問題告知另外一個人，除了她的筆記本。

為什麼我會這樣？為什麼我不能像很多人一樣，像我的父母一樣，把做愛只當作義務或責任，甚至是當作行樂的手段，不要與什麼縹緲的愛情聯繫在一起，他們比我都現實，我比他們都虛幻。

也許，有一天倪蕊會把她的筆記本公開，一旦公開了，她肯定就置身度外了。那時她就走出了自己的陷阱，她的筆記本就成為一個詳盡的愛情病例或婚姻病例。

五月，花開，空氣芬芳，倪蕊接到了筆會通知。她的心動了，本不想去的。她如今默默無聞，去筆會只是增添筆會的人氣，與自己並沒有多大意義。但是筆會要在肖摯鴻的城市召開，她覺得這是天意。上天安排她和肖摯鴻相會，讓她瞭解她和肖摯鴻之間的真情形、真面目，有愛沒有愛，一定可以當面弄清楚的，不能再兀自判斷或想像了。如果有，就接受；如果沒有，就分離，就這麼簡單。

倪蕊給肖摯鴻發了信息：我要去你的城市開筆會。

肖摯鴻欣喜地回信：我等你，寶貝。

看著他所說的寶貝，倪蕊流淚了，寶貝，寶貝，我真的還是你的寶貝嗎？

帶著懷疑、探索、留戀，還有一絲憧憬，倪蕊坐上了火車，去往肖摯鴻的城市。肖摯鴻因為倪蕊的離開，於是也離開了湖北，調到了另一個城市。這地方離湖北的距離是一晚上的火車車程。說近就近，說遠也遠。

過去的點滴湧上心頭。回憶是個奇怪的東西，總是避重就輕，避壞就好。倪蕊九六年一氣之下和肖摯鴻分手，那時的憤怒和傷心，到現在二〇〇二年，已經無跡可尋了。她分析自己：而今我能忍受無愛少性的婚姻，為什麼不能忍受當年愛情的波折呢？我這個人是不是容易習慣忍耐無愛的婚姻，而不是有瑕疵的愛情呢？

倪蕊隻身前往，懷著複雜的心情，她其實不能肯定，肖摯鴻能不能在約定的時間來接她。肖摯鴻的老婆，愛吃醋的女人，比倪蕊愛他一千倍，她有理由讓他陪伴她。

倪蕊打電話，給誰打，夏曉兵從不過問。她去哪裏，他也不過問。倒是她，還常常打電話關心一下丈夫的行蹤，不過那個男人，不認為那是關心，他在電話裏很煩。

過去，倪蕊清楚肖摯鴻愛她比她愛他多。正是因為他的愛是大於符號，所以當她看到筆記本裏另一個女人寫給他的情書以及他寫給那個女人的情話，她受不了。她忍受不了她的完美的愛情受到破壞。哪怕他為她回了湖北，她卻離開了他。在愛情上，她認為自己因小失大，於是受到了懲罰。

所以倪蕊懷疑：愛情懂得知恩圖報的。誰丟失愛情，誰就被愛情摒棄；誰遺忘愛情，誰就會被愛情遺忘。但是，誰信奉愛情，是不是就會受到愛情的恩惠呢？哪怕很遲很遲。

一路上倪蕊七想八想，她覺得「意識」這個朋友最忠實。

站臺上，還好有肖摯鴻等候在那裏。如果他不來接她，這第一關就通不過，那麼她會掉頭離去，他們之間有沒有愛她會很快知道答案。

六年不見，肖摯鴻胖了，沒有以前清瘦時的瀟灑，不過多了男人的成熟的味道。他一見到倪蕊，嘴就合不攏了。

肖摯鴻說，現在我用摩托車接你，十年後用汽車接你。倪蕊說，你用什麼接我我都無所謂，關鍵是你要來接我。

坐上他的摩托車。他說，你坐上去輕飄飄的，仿佛沒坐一樣，我老婆坐上去時車的龍頭要翹起來。

不要倪蕊問起，他卻主動提起他老婆，毫不避諱，雖然是批評，也是一種惦記。

吃了晚餐，肖摯鴻登記了一個三星級賓館。她沒問他是否會留下，這將是倪蕊判斷他們之間是否有愛的重要壞節。

3.

時值五月，天氣微冷。今晚不管發生什麼事情，倪蕊坦然接受。她準備洗漱，肖摯鴻把高大的背影給她：你換衣服吧。

肖摯鴻對倪蕊的尊重，讓她想起了六年前。那時若是倪蕊換衣服，他會像個孩子似的纏著她。倪蕊說，沒洗澡，好髒呢。他的頭拱在的胸前，說，誰說我的寶貝髒啊，我揍他。

帶著往事的回憶，倪蕊竟覺得眼前不真實。她搖搖頭，告訴自己，現在才是真的。她洗了澡，默默穿好衣服走出來。她不想做任何舉動，令他的本意有所改變，她不想挑逗和勾引。

肖摯鴻轉過身，平靜地望著倪蕊，臉上的表情平靜得讓人看不到他的心。倪蕊默默穿著內衣鑽進了被子。

肖摯鴻坐在床頭，久久凝望著倪蕊，他的眼睛漸漸明亮。倪蕊許久沒有被一個男人如此熱切凝望，她的心跳加速了。

他問：累嗎？倪蕊閉上眼睛點頭。那我給你按摩。

倪蕊趴在床上，肖摯鴻開始給她按。他的手勁很大，倪蕊感到舒服。

兩個小時後，倪蕊的身體被按得徹底放鬆了，她的呼吸急促起來，臉似火燒，渾身發燒，她知道慾火在燃燒。

看著倪蕊意亂情迷，臉若桃花，肖摯鴻忍不住吻住了她。這一吻不要緊，竟叫肖摯鴻放棄了理智，完全向愛投降，他脫去了外衣，睡在了倪蕊身旁。

多少個夜晚，倪蕊的身邊除了孩子還是孩子。現在身邊有了肖摯鴻，一個愛過她她也愛過的男人。愛是什麼？就是生同床共枕，死同墓而葬。十個字。什麼對與錯，見鬼去吧。現在，她要愛一次，哪怕一次就好——真正意義的愛，有血有肉的愛。

肖摯鴻問；熱嗎？倪蕊點點頭。肖摯鴻幫她脫了衣服。倪蕊說，你也要脫。肖摯鴻說自己不熱。

說自己不熱的肖摯鴻把火熱的唇印在了倪蕊的唇上、臉上和脖子上。當肖摯鴻的唇落在她的乳頭上，她感覺自己的下面更熱了。她忍不住了，把手伸向了他的下體。這裏，曾經多麼愛她啊。現在，倪蕊伸向它時，有掠奪的感覺，她的動作是遲疑的。

它軟軟的，長長的，像一個棉花糖，乖乖地躺在倪蕊手心，任由她處置。倪蕊溫柔地撫摸，溫柔地說，你像以前那樣對我吧。

肖摯鴻說，他哭著說，我怕你懷孕。他的那裏也像很害怕似的，依舊軟軟的。

倪蕊不知他怎麼會這樣，是因為害怕才沒挺起，還是因為沒挺起假裝害怕。頓時，所有的期待都崩潰。倪蕊從他身上下來，無聲地躺著。

肖摯鴻依舊不停地撫摸倪蕊，後來，他累了，背過身睡著了。倪蕊挨著他的脊背，睜大眼睛，直到天亮。

筆會果然不精彩。都是些懷有文學夢的人，無比虔誠地把稿子交給名家，然後聽名家當面鼓勵他的精神，批判他的作品。倪蕊隱在一群中間人傾聽，感受那些人的文學夢，她很感動——他們當中，甚至有七八十歲的人，他們像小學生一樣，認真地聽名家講解他們交上去的作品。與倪蕊同住的女人，半夜靈感來了，把燈打開寫，寫完了睡下，然後靈感又來了又打開燈，如此竟反覆四五次。倪蕊一晚上沒睡好。

筆會沒開完，倪蕊就悄悄告辭。她沒跟肖摯鴻打招呼，獨自走進站臺。望著站臺上湧動的陌生人，她感慨自己到哪裏見到的都是陌生人，連肖摯鴻也陌生了。她記起小時候，肖摯鴻輕輕地拉她的辮子，說，不要哭。這記憶讓她感到溫暖。她給肖摯鴻發了條信息：我走了。肖摯鴻在手機裏驚呼：你等我，我送你！我一小時後到。

火車馬上要開了。一小時過後，火車足以把肖摯鴻所在城市的氣息拋遠。她已知道她和肖摯鴻現在的情形，現在只剩下一點回憶，不是愛情。肖摯鴻那些愛的訊息，只是他需要傾訴，僅此而已。以後更難再見，除非偶遇。天隔一方，不是刻意相約，誰會見著誰啊。

肖摯鴻，曾經健美強壯的鴻，到哪裏去了？倪蕊不願想是因為他不夠愛自己，不敢做對不起老婆的事，才不像過去，那樣渴望她。也許，他的那活兒受了主人的控制，不敢造次。誰是它真正的主人呢？恐怕是他的老婆了。他的那活兒換了主人，他悲哀地不知道。

肖摯鴻，這個名字，該從手機裏徹底刪除了。在刪除他的名字之前，倪蕊給他發了訊息，再見吧，好好過你的日子。說再見，那只是對愛情虛偽的告別儀式。

說再見，永遠不會再見是嗎？肖摯鴻不停地發來這個資訊，倪蕊不理睬。

對於那些疑似愛情，披著愛情美麗外衣的假愛情，是不該存有絲毫幻想了。該一刀斬斷。

4.

清晨，倪蕊醒得很早，感覺到小屋有一種悶悶的味道，但她不想開窗。她不在，才會開窗。她醒著，躺在溫暖的被子裏，回想夢裏的情形。一個陌生的有翅膀的男人，溫和地注視她。而她竟在他溫和地注視下，哭了，她的枕頭濕了。

為什麼要做這樣的夢，為什麼，為什麼，為什麼？你不是很堅強嗎？你不是要決定一個人過嗎？你不是決定守著無愛的婚姻嗎？你不是要以苦為樂嗎？為什麼會有這樣的夢來告訴自己，你多麼渴望有人陪你說話，你多麼渴望有人看著你，你多麼渴望和一個人一起，迎接每一天的清晨，為什麼，你偏要做這樣的夢——你為什麼要夢見愛神，而不是春夢？僅僅只是慾望的問題，真的很好解決。

倪蕊流著眼淚，與自己對話。忽然，她狠狠咬著自己的嘴唇，裸著身體走到鏡子前，看著唇邊的鮮血，看著自己因冷空氣而縮皺著的小小乳頭，她擦乾了眼淚。她告誡自己，不要哭，每天一定要笑著起床，一定不能在床上躺太久。倪蕊發現自己只要離開了床，就可以微笑了。

媽媽，媽媽，夏康清脆的聲音把倪蕊從意識的世界裏喚醒，她迅速穿好衣服，開門給兒子一個甜美的笑臉。

夏康有時跟倪蕊睡，有時跟他爺爺或奶奶睡。他們家，四個大人四張床。夏康從沒有和夏曉兵睡。夏康醒來，總是先喚一聲媽媽，並緊緊擁抱著媽媽。

夏曉兵從沒有得到兒子如此親密的擁抱。他不覺得這是遺憾，反而覺得輕鬆，因為兒子很少找他的麻煩。他出差在外，多久都不給兒子打電話，兒子也不給他打電話。倪蕊出差一天，夏康的電話接連不斷。

兒子的愛，是倪蕊留在這個家的巨大力量。

夏曉兵還是不主動和倪蕊說一句話，倪蕊主動找他說話，他不言語，沈默依然是他的習慣。他還是不喜歡被倪蕊逼著說話。每當看著丈夫不耐煩的神情和吼叫，倪蕊覺得自己越發不能離婚。這個男人還是不正常，而自己又沒有能力，他們分開誰都不能很好地帶兒子。

你這樣的男人，怎麼讓我碰上？倪蕊悲傷地想。

你這樣的女人，怎麼讓我遇上？夏曉兵氣憤地想。

在他們偶爾說話的時候，他質疑她的行為。他厭惡她怎麼那麼多話，那麼愛看書，還那麼愛做不切實際的夢。作家，那是人人都能當的嗎？再說，作家有什麼好當的呢？連吃飯睡覺都不安心吧。

什麼是愛情？把缺點當優點就是，把優點當缺點那就不愛。

倪蕊知道夏曉兵瞧不起她的一個重要理由。在她和他為數不多的性生活中，她總是乾澀，沒感覺。他覺得她一個性冷淡的女人，神氣什麼呢？

倪蕊看見夏曉兵的手，藏在被子裏快速起伏。這個男人，連自慰都不關門。家裏有小孩還有老人啊。倪蕊真是替他感到羞恥。

她望了男人一眼，男人停止了。

5.

夏康一天天長大。當孩子真正長大的那一天，就是離開家的日子，那一天也許是他十八歲，也許更早。

那麼，夏康最多還有十四年離開家。十四年，倪蕊那時四十四歲了。四十四歲，誰來陪伴她呢？是一堆稿紙還是一臉皺紋和風一吹就散的身體？或者，倪蕊會變得和夏曉兵一樣，不需要人陪著說話不需要人陪著走路也不需要人陪著吃飯。

夏康從沒有對倪蕊說，媽媽，我永遠不離開你，我永遠和你在一起。倪蕊覺得這樣很好。倪蕊在夏康面前很堅強，因此兒子沒想到這樣安慰母親。兒子總是說，媽媽，以後我有了兒子，我開車，帶著你和我的兒子一起去兜風。

倪蕊很高興兒子能對未來有幸福地憧憬，雖然這憧憬裏他忘了他老婆。倪蕊點點頭，說好。她沒說，只怕到時你會帶上你年輕的妻子，哪會想到你孤獨孤僻的老母親。

倪蕊在筆記本在鏡子前問自己：我該走向何方，我的明天在哪裏？在我兒子那裏嗎？不，我不能這樣想，只要我這樣想了，將來我就離不開我的兒子，會把兒子當作我精神的小情人，會像一個個孤獨的女人那樣，容不下兒子的愛人。那樣，我對兒子的愛就成為謀害兒子幸福的兇手。所以，我不能把全部的愛都給孩子，該給的不能少，不該給的就不能給。哪怕我現在不小心把許多愛給了孩子，我要想辦法收回一些，我對孩子的愛要隨著他的長大漸漸收回。我知道，對孩子的愛已經長在我心裏，每拔掉一點，心就會疼會空。

6.

如今，愛過的人從我的世界消失，我聽不見他的聲音，遇不見他的身影，不期望他來看我，甚至隻言片語的來信。他彷彿和我從未相見，更別說和我相愛、有過誓言。

萬一，我說萬一，我和他以偶遇的方式重逢，那會變成一場尷尬的局面——他有妻陪伴，而我恐怕還是獨自一個人，他不便和我打招呼，只是輕輕抬起眼睛，望著我，像望一個陌生人或記不清楚的人一樣，這樣他的妻子不會起疑心。而我也配合他，也裝作他是和我毫不相干的人。

倪蕊通過這種設想，以泯滅她對過去愛情的緬懷。她要讓她今生唯一的愛戀——肖摯鴻遠離她的世界。他的短信，她不看就刪掉。漸漸地，沒有短信了。她在心裏感歎：瞧，這就是他的愛情，多麼虛偽多麼縹緲。失去的愛情多麼虛無。

看不見模樣、摸不著形狀、聞不見芬芳的愛，就是枯萎的花，一定得把它丟掉，再不能把它插在房間裏，更不能把它插在心裏。

第七章 自我審視——禁愛失敗

1.

週末，倪蕊通常寫不出什麼東西。煩躁、坐立不安，心懸在半空中，總是覺得喘不過氣。到了星期一，人就活過來。對於週末，她既盼望又害怕。

倪蕊應和著女同事的話題。這些女人聚在一起，最愛談的就是性事，最愛探詢的也是性事。她們還會模仿強姦、做愛的場景，這樣的表演能獲得最大的掌聲，沒有人挑剔。這是怎麼啦？

沒有愛的幻想，只是單純的自我安慰，女人怎麼也不快樂，最後，她的手指上沾滿了血。她呆呆地看著血，不知是從哪裏流出來的，因為她沒有感到哪裏疼痛。

手指上的血，像一個問號質問女人：瞧，這就是你沒有愛人的後果！你那高尚的靈魂打擊你，你那卑俗的軀體出賣你。看你再怎樣堅持下去?!不要以為人死了開始腐爛。有的人活著就開始腐爛了。比如你——倪蕊，儘管你那樣愛清潔，腐爛卻沒有放過你。這血是從哪裏來的你知道嗎？它就來自你身體的腐爛之處！

倪蕊開始注意自己的氣味。她以前所喜歡的自己的味道，現在卻變得難聞，那裏分泌出一種骯髒難看的東西。倪蕊知道，如果不抑制不讓它停止，這東西會要了她的命。

倪蕊來到醫院，醫生問：什麼避孕方法？她說，保險套。醫生說，保險套不保險的，你在出血，怕是宮外孕。倪蕊忙說，不可能，我不可能懷孕的。醫生像看怪物一樣看著倪蕊，你沒有結婚嗎？倪蕊說，結了。那你丈夫不在家？倪蕊回答，在。醫生說，在家，那就要做宮外孕的檢查。宮外孕很危險，一定要排除。

沒辦法，只有花錢去做檢查。不做她怕醫生起疑心，反而問東問西。地方這麼小，什麼事一傳就傳開了。

檢查的結果當然沒有懷孕。醫生又給倪蕊做了子宮頸檢查和子宮檢查，發現還好。最後，醫生說，你太瘦了，子宮的功能不好，你屬於子宮功能性出血。你的月經血量也多，是不是？倪蕊點頭。

醫生給倪蕊開了止血和調經補血的藥。拿著藥，倪蕊感覺到放心了。

倪蕊知道，愛情才是最好的藥。對於一個性壓抑和性饑渴的病人，愛戀又是沒有希望的。倪蕊對著鏡子說：我行動嗎，我出發嗎，我走向愛情嗎？她不知道答案，內心自我辯論。

甲方說，聽我說，不要怕，你要袒露生命的本色。你要好好地活著，這比什麼都重要。

乙方說，你這個弱者，愛情的俘虜，慾望的叛徒，你不是要維護家的完整嗎？當你有了愛情，你不怕家庭破碎嗎？

甲方說，我會小心翼翼的。如果我的愛情對我的孩子不利，我決計不要愛情。

乙方說，只怕你控制不了局面。

辯論沒休止，兩個東西在腦子裏打架，倪蕊頭痛欲裂，躺下了，卻睡不著，又爬起來，坐在電腦旁。先深吸一口氣讓自己平靜，讓心裏儘量只發出一種聲音：孩子需要我，我不能死掉，更不能瘋掉。我要找到勇氣和力量，我要讓自己健康起來，正常起來。

2.

倪蕊來到夏曉兵的房間。夏曉兵躺在床上玩遊戲，目不斜視。他手撐著下巴，擠出一堆肉。倪蕊儘量不去看夏曉兵的臉和肚子，溫和地說：我們談談吧。她想對他說，我們好好過吧，然後再商議如何好好過。

夏曉兵煩躁地望著倪蕊，心裏想，這個女人，怎麼又忽然說出這句話？她總是這樣，有一句沒一句，讓人不知所措。她說我們談談吧，就像一個領導對下屬發出命令。

夏曉兵不說話。倪蕊知道他在想什麼，他對她很警覺，言語上是不想占下風的。

我認為我們應該好好談談，再這樣下去對你對我對孩子都不好。倪蕊又溫和地說。她要保持耐心，要讓夏曉兵對她的話作出反應。

夏曉兵得意地想，你和我之間，誰受不了這種婚姻狀態啊？是你！他的眼皮從眼鏡後面抬起，射出兩道淩厲的光，他看著這個可惡的女人，滿懷恨意。

恨字當頭，自然沒什麼好話。夏曉兵漠然地說：我們之間，沒什麼好談的。

又是這句話。倪蕊聽了，怒火中燒，她氣憤地說：你這個神經病！

夏曉兵像沒聽見似的，依舊玩著遊戲。

「你還和丈夫分床而睡嗎？」一條短信不期而至。

誰會知道我的這個秘密？倪蕊皺著眉頭看信息。想起來了，上次筆會上的文友。只可能是他，一個陌生的，第一面她不反感的男人。男人的號碼，顯示在本地。除了個子高，她已記不起他別的什麼。聚餐時他總是坐在她身旁。酒桌上沒有認識的人，她不禁放鬆釋放自己。酒讓她臉紅，把她的寂寞表露無疑。身旁的男人禁不住關注她。他說，你這樣喝酒，小心你老公批評你。倪蕊說，他會批評我？我們早就井水不犯河水了！

筆會上，倪蕊讀她的詩歌——《一粒煤》：

我從來沒有想到，自己會和一粒煤，奏出和諧樂音。這粒煤，用它獨有的聲音對我說出它的秘密——它只和它相愛的另一粒煤，燃燒。我想追隨這粒煤，然而它一轉身，連影子也沒留下。

倪蕊靜靜地讀完，一陣掌聲響起。最熱烈的出處，就是那個男人。不難看的高個男人。她不想知道他的名字，不想打聽。暗暗稱呼他為高文，高個子文友。

倪蕊唯讀了一首。主編是個老頭，他說倪蕊你的詩歌有點意思，手上還有嗎？倪蕊說，只帶了一首。老頭笑笑，他看著手裏一大堆的詩稿說這麼多，沒幾首有意思的。倪蕊說寫作詩就像戀愛，要靠緣分，不要勉強為之。

倪蕊知道，現在的傾訴還是節制，隱諱，總有一天，她會長久地徹底地傾訴。倪蕊需要手術般的自我解剖，那就是寫作和說話。

因為一句話，一句什麼話？倪蕊忘了，她和夏曉兵吵起來，公公婆婆聽到了，心疼他們的兒子，一起攻擊倪蕊，倪蕊寡不敵眾。在吵架這件事情上，倪蕊總是贏不了。她失控的情緒讓思維受阻，說不出話來。夏曉兵卻不一樣，他情緒正常的時候說不出話，越激動越憤怒倒能夠說出話來，並且句句逼人。

光是他們一家人的大嗓門，倪蕊就鬥不過，她哭著朝圖書館的電腦室走去。雖然她一直不在乎他們一家人如何對待自己，但是他們一起朝她吼叫，她還是感到傷心。她一邊哭一邊想：我還是不夠堅強，我恨自己。

走到陽光下，倪蕊的眼淚就乾了。她慶幸自己及時出來了，如果繼續蝸居在陽光照不到的房間裏，她會歇斯底里地哭泣。那哭泣會給她親愛的寶貝兒子心裏流下悲傷的印記。

3.

來吧，來到我的懷裏，我抱著你，讓你哭個夠。高文忽然打過來一行字。

你怎麼知道我哭了，你有透視眼嗎？倪蕊笑了。

我感覺到的！我感覺對了嗎？如果對了你要獎勵我。

獎你一杯茶。倪蕊發過去一杯冒著熱氣的茶圖片。

我和你之間，一定會發生愛的故事。上次筆會之後，我老是想起你。因為我不專心，女朋友把我甩了——我是因為你才被人甩，所以你要對我負責。

你知道我性無能嗎？

知道。所以特來醫治你，免費的！

倪蕊的心像被針灸扎中了一樣，疼。

你需要有人愛你。高文忽然把字體變大了，無比清晰地呈現在倪蕊面前。

如果和你發生故事，我就是自私得可憐的女人，我們還是在網上的虛擬世界裏交流吧。網上的世界都是虛擬的嗎？你的現實又怎樣？我敢肯定，你之所以能忍受無愛少性的半分居生活，皆是因為你把現實當虛擬，你的真實的面目在你的文字裏。

高文步步緊逼，切中倪蕊的心中要害，讓倪蕊無言以對。她匆匆告別，倉皇逃之。

倪蕊發現自己的身體出了毛病。例假那麼長時間，前後二十天。她想，如果有一天真的和一個男人接觸，讓他發現自己被血包圍，他一定會噁心又恐懼。像她這樣的女人，也只能跟人聊了聊天了。倪蕊快意地想。

夏康明明天天在自己身旁，倪蕊還天天做夢，夢見夏康迷了路，大聲地呼喚著媽媽，而不是爸爸。兒子夏康只剩下媽媽可以呼喚嗎？倪蕊在夢裏憂傷地想。她被兒子夢裏的呼喚聲驚醒，把身邊熟睡的兒子緊緊抱在懷裏，無聲地說：寶貝，媽媽在這裏，媽媽永遠不離開你。夏康正夢見和小朋友做遊戲，笑了。看見兒子在夢裏笑了，倪蕊也破涕為笑。

4.

一個人的戰爭，一個人的交談，一個人的世界，一個人的黑夜。她一個人說話，一個人，自我批評自我反省，自我安慰，自我開導。一個人，左腦壓抑愛，右腦捕捉愛。

終於，倪蕊聞到自己身上沒有難聞的氣味。她的左腦不禁高興起來，一種自我壓抑的勝利蔓延。左腦還指揮倪蕊進一步自我檢查，乳頭軟軟的，沒有皺褶，腹部平坦，沒有壓迫的疼痛。純潔的自戀還是比骯髒的他戀安全。

右腦不甘示弱，指揮出一些夢。蛇、槍口、花，在夜晚撲面而來。

凌晨兩點。倪蕊獨自睡在家裏，外面雷聲大作。倪蕊睡不著，她從小怕雷聲。

越是害怕越是回想那些恐怖的往事：

十六歲的倪蕊睡到半夜，忽然感覺緊張和恐懼。她努力睜開眼，赫然發現有一個頭上裹白布的男人坐在床頭。男人俯身望著倪蕊，看倪蕊是否睡著。倪蕊的心提到了嗓子眼上，她呆住了，渾身無力。忽然那男人用手摸倪蕊的胸部，同時嘴向倪蕊湊過來。倪蕊告訴自己要冷靜，她忽然坐起來，用手推著男人的身體。男人覺得驚奇，他以為女孩是睡著了的。倪蕊坐著，不出聲。她在心裏分析家裏的情況，妹妹睡在床的另一頭，父親睡在另一個房間，母親在鄰居家打牌。

倪蕊在腦子裏把這些情況羅列了以後，就開始觀察男人的樣子。房間裏沒燈，窗外沒有月光，看不見男人的臉。她只看見男人的頭是被自己的襯衣包裹著。

男人可能沒料到倪蕊如此冷靜，他威脅：你不要喊，喊就殺你全家！

倪蕊輕聲卻有力地說：你敢！她不敢喊，喊了真怕歹徒用刀殺她。她只想用自己的冷靜把歹徒趕跑。

兩個人對視了足足十秒鐘。最後，歹徒悄然離開。當歹徒離開，倪蕊起床拉亮了燈，喊醒了妹妹和父親。父親是真睡著了，喊了幾聲才喊醒。妹妹是被嚇得裝睡，一聲就喊醒了。她不承認自己醒著。倪蕊又告訴了在鄰居家打牌的母親。母親笑著說：噢，是個傻子，這些天每天夜裏都要撬門進女孩的房間，都被人發現了。芬芬昨天還一腳把他踢到了床底。母親說完笑得肩膀都抖動了，她的牌友們也都哈哈地笑。倪蕊恨死了她們的笑。她是懷著接受安慰的打算找母親的，沒想到母親一點也不緊張自己的女兒受了驚嚇。母親的反應讓倪蕊內心感到失望。她不聲不響地離開母親，回到了家，恐懼依然持續。

雷聲在繼續，恐懼的回憶依然在繼續。她想到了夏曉兵，他在這個城市。她想：如果他能夠在她的呼喚下回來，她發誓將好好待他，冰釋前嫌，一定會好好地溫柔地由著他，和他再睡到一張床。

倪蕊給夏曉兵打電話。她直截了當地說：我很害怕，你能不能回來？

夏曉兵在打麻將。接到倪蕊的電話他愣了一下，心裏湧起一陣快意：這個女人，還有害怕的時候？你不是很獨立的嗎？但他什麼也沒說，他只是在心裏有一股報復的快感：被拒絕的滋味，你也嘗嘗吧！他回憶起了倪蕊跟他做愛的冷淡。倪蕊嘴裏沒說討厭跟他做愛，但她身體乾澀的反應更讓他難受。這女人怎麼會這樣呢？倪蕊請求他回來激起了他的恨意。家裏門都鎖得好好的，有什麼可怕的呢？

夏曉兵不說話就掛了電話，要是以往，倪蕊就算了。今晚不行，她非常恐懼。她恨自己不能獨自面對黑夜、面對恐懼。內心的恐懼讓她放下了尊嚴，她又一次撥打夏曉兵的電話，居然關機了。

無奈，倪蕊一個個撥打認識的人的電話，最後終於撥通了一個號碼。她請求那個男人：你今晚能不能不關機？我很害怕。那人同意了，沒問她丈夫怎麼不在家。

朋友的電話開著，倪蕊依然睡不著。她索性坐起來，看書，思索。為什麼我過不了恐懼這一關？為什麼……如果我過得了這一關，我就能成為一個勇敢的人，能改變自己現在這種分床不分家的半分居生活。看我這種癡迷愛情而又膽小的人，真的只能過著孤獨和幻想的生活嗎？這樣的生活真的最適合我嗎？

5.

倪蕊有一支鍾愛的白色的筆。這支筆忠實地陪伴她，傾聽著她的聲音。倪蕊用筆紀錄下她的過往、回憶、絕望、覺悟以及在絕望時生出的希望。她想終有一天，她會作一個決定。而且這個決定是最利於孩子，其次才是自己和夏曉兵。

夏曉兵徹夜不歸。早晨回家，不洗澡躺在床上就睡了，眼鏡忘了摘，嘴裏冒出一股白沫，伴隨著鼾聲一進一出，樣子跟將死的人一樣。每一次倪蕊看到他這個樣子，可憐多過厭惡。一個可憐的人卻總是做出不可一世的姿態，這樣子更讓人可憐。夏曉兵醉心於自由沒有人看管的日子。倪蕊和公公婆婆就給他，實際上是指望他通過這種日子，體會無聊和淒涼的感覺，哪知道他根本沒有這樣的體會，反而體會到了自由的快樂。他是那麼喜歡打麻將，麻將麻痺了他的身體，使他不多的愛的慾望和說話的慾望更少了，他並不知。

夏曉兵喜歡喝酒。酒能促進他的血液流通。但是不是每次喝酒都能恰到好處的萌發他的慾望。喝多了頭昏站不穩，他只想睡覺。喝少了沒感覺。不多不少正好。今天，他喝出了狀態，變得有耐心，放下了自尊，進到倪蕊的房間。

夏曉兵親吻倪蕊，帶著強烈的目的性，他自然不會親吻倪蕊的嘴唇。他是不敢親還是不想親？夏曉兵每次親吻，首先是倪蕊的乳房，他的動作生猛，急於求成。其實親吻是有語言的。如果不愛，也吻不出愛。沒有感到愛，倪蕊久不濕潤，最後，夏曉兵失去耐心，生生進入。

夏曉兵流汗，倪蕊流淚。夏曉兵動一下，倪蕊痛一次。倪蕊的床上留下鮮紅的花朵。倪蕊殘忍地想，好，我的女人的功能壞掉了，就只剩下思想和意識了，這樣更好！

倪蕊來到圖書館，把寫好的詩歌貼在博客裏，也沒有什麼人看她的詩歌。她隱諱地表達著自己。

高文每篇都看，每一篇都評論。每一次評論都只是五個字：你需要愛情。

倪蕊在心裏說，我是真的需要愛情嗎？現在，我所寫的一切都是表達己喜或己悲。總有一天，我會超越，不再為自己喜或悲。但是現在的過程，我必須經過。

6.

你告訴我，有人愛你嗎？

沒有。

有人關心你嗎？

有啊，我的兒子。

那不夠的，至少，有人陪你說話吧？

高文的問題讓倪蕊心痛。她是真的需要有人陪她說話，她心裏的傷疤在變大還是變小？

那麼請你不要拒絕，讓我陪你說話。所有的後果，我陪你承擔。

高文堅定的語氣，讓倪蕊動了心。她沒有答應他的請求，只是在當天夜裏，給她徹夜不歸的丈夫發了一條短信：如果你今晚不回來，還在外面打麻將，我們只有分手。

夏曉兵沒有回覆。

倪蕊笑了笑：夏曉兵從不發短信的，她怎麼忘了？她打電話過去，電話關了機。

好的，要來就來吧，我不拒絕了。要來就來吧，帶著你的溫暖的身體和溫和的話語來到我的身邊。我忍耐多時，不想忍耐了。

我天天自己和自己作鬥爭，自己鼓勵自己，要求自己堅強、清心寡慾。我只要求自己做一個母親，並努力做一個作家。我要求自己在痛苦的日子裏忘記自己的痛苦，只是微笑，而不是哭泣。

有時候我做到了，有時候我沒有做到——因為我厭倦自己沉浸在病態的生活中，並習慣自己享受病態的折磨，我厭倦自己囚禁自己的慾望卻肆意打開自己的幻想，我厭倦自己沒有生氣地活著。我終於知道，多年來我處在半分居生活中，是在滿足自己懦弱的內心需要。

趁我還沒有老，趁我有勇氣戰勝身體的惡魔，我要改變。

詩歌和小說，將成為我改變自己的方式，還有小孩，是我永遠的勇氣和方向。我將勇敢承認，我禁愛失敗！我意識到自己變成一個膽小又瘋狂的人，像蝙蝠一樣。對花粉過敏，是我拒絕春天的理由嗎？

我不再迴避。

第八章 與男人對話

1.

倪蕊對男人說，你確定你將要來愛我？而不是和我發生一夜情？她反覆直白地問。看男人是否會生氣。如果他生氣了頂不住她這樣的問話並在內心裏認為她是神經病，也就算了。她固執地認為一個把愛放在第一位的男人是不會厭煩這樣的問話，反而會理解。那些把愛作為做愛的理由的男人，才經不起女人反覆這樣神經質地詢問，甚至是審問，最後會惱羞成怒，拂袖而去。

高文說，是的！很慎重地肯定回答，後面還加了一個感嘆號。如果他反問或者閃爍其詞，就會令倪蕊對這次是否出發進行新的愛情重新考慮。她知道自己如今很膽小很慎重，就像一個長久待在沒有亮光的殼中的蝸牛，對於重見陽光是小心翼翼的。沒辦法，讓人笑讓人煩也沒有辦法。

你可知道我快枯萎了，你和我在一起，也許不會快樂。她不得不委婉地發出自己也許做愛不行的信號。其實她也不知道自己如今作為女人的基本功能怎樣了，她只是不太自信，所以只有含糊地給他打預防針。她希望他不要在剛開始時就在乎她的這方面的能力。至於以後，有了愛情，就另當別論了。

那沒關係，如果你不快樂，我讓你快樂。如果你快樂，我讓你更快樂。有愛的兩個人，在一起是加法，而不是減法。而枯萎一說，是暫時的，有了愛的澆灌，枯死的樹會重生，萎縮的花會開放。

你確定你將會給我很多很多的愛，倪蕊仍不放心，連她自己都覺得自己好煩好囉嗦。她知道自己現在的質疑只是一個虛假的了，其實她準備享用這份愛了。正因為如此，才會像一個興沖沖地準備吃心中渴念以久的糖果時追問一句，糖果好吃嗎？因為知道會是肯定的答復，於是帶著雙份的期待和快樂享用。

是的，你只需要承受。

可是……

不要再可是了，見面再問那麼多的可是好嗎？

倪蕊笑了，她也發現自己的問題很多很幼稚。愛的細胞關了那麼久，都快萎縮了嗎？再放生，就像現在這樣稚嫩地生長。為了緩解自己將愛的緊張心情，她寫下下面的話：

你若來，請不要試圖問我的年齡，你只需要在心裏猜測就是了。你把我猜老了但是你坦然接受我心裏也好受。你把我猜小了的可能性不大，因為走近，你會發現我的滄桑、憔悴，我的還算清秀的臉也遮不住的滄桑和憔悴。我的心事不簡單，難以抑制地複雜。我一想起逝去的歲月，就會想起那些哭泣和絕望的日子。你不要試圖批評我，怎麼過著這樣懦弱的半分居生活，把自己弄得如此不堪？你和我說話的時候不要有過多的問號和感嘆號。你不要同情我不要對著我搖頭，我會受不了的。一直以來我隱瞞自己的半分居生活，也知道別人在背後議論我，可是耳不聽為淨。現在若是有人當面揭穿我，我辛苦建築的屏障會轟然倒下。當然你如果對一切懷有不解，甚至耿耿於懷，我也會義無反顧地告訴你，那樣我們很快就會分離，我不能忍受在你面前沒有尊嚴。你來吧，不要問為什麼，不要有太多疑問。你什麼都知道，可是你什麼都不計較那是最難得的。你來吧，你來吧，讓愛從心裏飛出，讓我們的愛再來得熱烈些，再無畏些。讓我們架起一座漂亮的愛情之輪，駛向人海。曾經的愛情，讓我今天把它從記憶裏剝離，取出來，讓它沾著我的血肉，讓它成為我心裏的空洞，在我心裏無奈地癒合。流逝的時間，請帶走過去那些深刻的愛情記憶。讓新的愛情，把舊的愛情徹底驅除。青梅竹馬的愛情、無性無愛的丈夫（呵呵，空殼丈夫），這麼多熱鬧卻不頂事的男人，有的短暫，有的還在我生活裏。真的，無論長短，他們都應該告別我的生活。我說的是真正地告別，不是某一方面的。僅僅在身體裏清除，或只在心裏告別都是不徹底的，必須兩者都包括。要讓記憶的細胞承認這事實，徹底認輸。還要身體裏每一個細胞也認輸，不要在新的幸福面前頑強抵抗。我真的不想再把自己囚禁在這種無愛少性分床不分家的半分居生活了。

我不要再鬥爭再思索再猶豫了，我不能猶豫著死去，走向墳墓。這個問題我的丈夫不考慮，含混著過日子，那麼我就來考慮吧。我的孤獨的靈魂寂寞的身體，離開的人有誰知道呢？知道了又能怎樣呢？我的丈夫，還以為我跟他一樣，享受這樣沒有人管的所謂自由的生活。我不能再凍結自己的生命、愛和慾，不然，連殘局都無力收拾，我還要避免無人收屍的人生悲劇。現在三十二歲，我要開始新的人生了。在殘而不敗的人生裏，也許只有愛情是縫補一切傷口的萬能膠水。

必須開始走向愛情，在孤獨的灰燼裏種上美麗的玫瑰。

2.

高文來了，他對倪蕊說，寶貝，我來愛你了

房間很好，熱鬧的電視，空調不能開正好，恰恰用上情人的身體取暖。

高文從背後抱住倪蕊，他吻她的耳朵。她的耳朵像一個接受器一樣，感受到了激情的美妙，倪蕊發現自己的身體原來是有熱情的。書上所說的女人身上的敏感地帶，她其實都有，只要是在情人或愛人的身邊——真正的情人或愛人，而不是一個符號或角色。

男人發現了倪蕊的熱情，感受到了倪蕊的顫抖。他欣喜地問：可以嗎？

倪蕊沒有回答。什麼叫可以啊？我的身體倒是準備好了。我的心？讓我想想，好像也在慌張地應允。

男人把倪蕊抱在腿上，我的寶貝啊，我多麼喜歡你啊，喜歡你的名字、你的溫柔、你的因禁慾反而性感的身體。

聽著男人動情或是煽情的語言，倪蕊發現自己開始著魔。我為什麼會這麼快就對將要發生的性著魔呢？這不是我想要的，我還沒弄清楚呢。我不想管那麼多了，我是不是太清醒了？

男人說，我對你充滿好奇和渴望，我想走近你。我知道你很憂傷，我要感染你，用我的力量和愛。你的靈魂一直都是寂寞的，你是一個寂寞的女人，這一點我早就知道了，我也是。我曾經有很多熱鬧的方式，讓自己不寂寞。可是到最後，還是更深的寂寞。那些行屍走肉般沒有靈魂的日子，沒有用。讓我靜下心來越發痛苦，我只能等待，耐心等待，真正愛情的到來，我沒想到會是你，我沒想到我會那麼牽掛你，夜夜夢到你，可是我又覺得這很正常，愛情難道還有定勢嗎？愛情就是讓人驚喜的。我整天為你胡言亂語，好像喝醉了酒，搖擺又堅定地趕往通向你的來路上，只要見到你，我的酒就醒了。我像是生了病，疼痛在思念你的日子裏，只要把你抱在懷，我的病就好了。

過去我可不相信這個。我的同齡的男人，強壯的英俊的男人們，不相信愛情，說愛情太累，吃虧不討好，說我們要相信情愛。情愛和愛情，還是有區別的，很大的區別的。前者其實就是有點感情的肉體之愛，他們說這個很舒服，摸得著看得見。

瞧，我在這裏高談些什麼呢？看，愛情讓我的腦細胞格外活躍，我一口氣說了這麼話。

哦，我該怎樣感謝愛情呢？

謝謝你，謝謝你對我說這麼多。我已經很久很久沒有聽到有人對我進行愛的傾訴了。我頭腦中的管轄愛的細胞，多年都在冬眠，現在開始甦醒。

我以後將與太陽和月亮同在。我站著，是一棵會開花的樹，我躺下，是一條會歌唱的河。我走著，走在時間的路上，一日日蒼老，卻是離天堂近了。

我知道的，我知道的，我知道你的感受。我是一個男人，可是卻像一個女人般溫柔了，這種體會真神奇啊。從前，我的母親喊我乖乖我總是很反感，現在我知道了，如果愛著一個人，就會想到用最親昵的稱呼呼喚他，就像我，恨不得每時每刻喊你乖乖和寶貝，希望你就是我的孩子，一個拇指大小的孩子，讓我帶在身上，隨時地愛。

可愛的人，我知道自己的心裏正在生長一些溫柔的嫩芽，這些嫩芽讓我愉快。但是，但是我還不能完全確定。我們交流了這麼久，在心靈裏進行了這麼久的對話，但是我依然不能確定這嫩芽是不是愛情。它們是不是偽愛情呢？是不是冒充愛情的小東西呢？我需要時間來證實。

偽愛情就是今天說愛你，明天就會離開你，說聲對不起，我們就這樣一次愛個夠。我認為，愛是堅固的，像混泥土一樣，來了就不會輕易走的，除非來的不是真愛。為了享受肉體之歡，就以愛為由。所以，我們只能這樣好嗎？你做我精神的情人？再前進我怕我們掉進黑暗的深淵，這樣反而很好把握。

高文搖頭，歎氣，之後笑笑離開。

你叫什麼名字？以後我想起你時，至少還有個名字可以念想。總不能念叨一個高個子文友吧？我們的回憶至少不能在這個地方停步不前。倪蕊看著男人的背影，想說，卻發不出聲。

3.

現實是夢中的影子，夢是現實的發源地或歸宿。

倪蕊又回到了過去，但是她發現自己變了。她問自己，我怎麼啦？剛剛我好像發了脾氣吼叫了我的孩子，讓我的孩子傷心地哭泣了。我知道我的語氣和表情很可怕，我看見我的孩子很害怕很恨的樣子。可是我抑制不住，孩子剛才讓我很生氣，剛才我認為我必須管教孩子必須懲罰他，於是我打了他，吼叫了他。

我怎麼沒有控制自己，要對孩子發脾氣？

夏康很好動，不會吃飯，每次吃飯要兩個小時左右。為此，他的父親常常吼叫他、打他，夏康常常一邊哭一邊吃飯。每當看到這樣的情景，倪蕊很可憐她的孩子，可是只能由著他的父親使用這樣的方法，不然會吵架，她和他不能達成一致。他認為孩子就該打該罵，不然會反天。他對他的兒子很少笑很少有好言語，他對兒子的看法有沒有受到婚姻的影響呢？

倪蕊負責孩子的學習，藝術和文化，她都得管，她不能指望夏曉兵。孩子在初學鋼琴時，總是記不住五線譜。為此倪蕊教了很多次，總是不奏效，後來她換了一個老師，改讓他學習葫蘆絲，看的是簡譜，孩子倒是很快就上了路，並參加了幾場演出，孩子很高興

孩子跟著倪蕊大部分時間吃飯還不錯，今天早上，卻不行。給他買的熱乾麵和豆漿他幾乎沒動。

倪蕊很生氣，但她沒有發脾氣，還是保持平靜心情送他去繪畫班畫畫。她認為孩子不能由著性子玩，作為家長要安排一些有益的活動，使孩子尋找健康或高雅的快樂途徑，使孩子修養純淨的心性。尤其不能讓孩子無聊。無聊是可怕的魔鬼，會讓人滋生壞毛病和壞習慣。而壞毛病和壞習慣會一輩子跟隨人，毒害人。

但是家長要正確而耐心地引導孩子。在培養孩子的興趣時，不能只是下命令，要陪著孩子，不然孩子會憎恨你的安排。

大部分時間倪蕊遵照她的原則教育她的孩子，所以孩子很愛她、很關心她。每次吃飯，只有他會問起她。他的父親從不管她，不過他認為他這樣漠視他的妻子是應該的，誰叫這個女人不陪他睡覺呢？他認為他沒必要對她使用日常的禮貌。

孩子很愛倪蕊，哪怕她有時打他、吼叫他，這讓倪蕊很慚愧，很自責。她跟孩子道歉，說媽媽不該打他罵他，每次孩子都高興地原諒了他的媽媽。

然而脾氣來的時候，倪蕊會發瘋般地吼孩子打孩子，她控制不住自己的怒火。她儘量不打孩子的頭和容易受傷的部位，她揪孩子的手和腿還有屁股，也用手扇孩子耳光。過一會她又會反省，會悔恨地打自己。打了孩子哪裏，她會打自己哪裏，她試試自己剛才打得他痛不痛。

儘管如此，孩子總是說倪蕊是一個溫柔美麗的媽媽，他很喜愛他的媽媽——倪蕊深深感受到了。孩子不記得她打過他罵過他，不記得她對他的不好，只記得她對他的好。從這一點上看，她應該把她的孩子稱為老師。

孩子畫完了幾幅畫，很高興，拉著倪蕊雀躍著，要她給他買冰棒。

要說平時倪蕊就給他買了，但是她還記著他今天早上沒好好吃早餐。她說她不會給他買，孩子生氣地跑了，和他的同學追追跑跑。沒想到，他把同學弄倒在地，那個同學的膝蓋傷了。孩子卻只知道推辭，說不是自己弄的。

倪蕊很生氣，當著馬路上很多人，她沒有批評孩子，只是狠狠看了孩子幾眼。回到家門口，她對孩子說，你過來。孩子看她的眼神不對勁，跑了。她追，憤怒地追。追著他打了他，吼叫了他，然後讓他一個人回屋裏。她獨自在外面走了很久，心情漸漸平靜下來，最後回到家，反省自己：我怎麼啦？孩子是錯了，但孩子錯得需要我發這麼大脾氣嗎？為什麼我不能給他講道理，為什麼我變得這麼暴躁？我變了，我變了，這種變化是慢慢地，並且是在我不知不覺中慢慢而堅決地進行，雖然我總是刻意地在約束自己、調整自己，還是無濟於事。不行，我不能這樣。

4.

一年十二個月，倪蕊有十二次慌亂的時候。這時候，身體裏有一個聲音質問：你難道就這樣對我，不讓我得到一點溫暖，並且壓抑我的流動？當我像火一樣時，你卻要我像冰一樣，你這樣違反我生命的本來規律，讓我很痛苦啊！你知道嗎？

一年三百六十五天倪蕊會有幾天控制不住自己，發脾氣，比如當孩子不聽話——她已經不向夏曉兵發脾氣了。那幾天會像火山爆發一樣，她的聲音像夏天的霹靂一樣，她的神情像冬天的冰雪一樣，讓她的孩子流淚。

現在倪蕊意識了這一點，她向自己道歉，向她的孩子道歉：對不起，我的孩子。你給了我真誠而甜蜜的愛！而我卻那樣對你！假如你對我冷漠一點，像你的父親一樣不管我，不管我是否冷了餓了，我就不會如此自責。你知道你的父親有爺爺奶奶管，你還知道爺爺和奶奶相互管著，只有我是沒有人管的，於是你管我、問候我、關心我，當我生病，你會為我擔心，你還會陪我說話，度過漫漫冬夜。

是你，讓我在這個家勇敢地留下來，這麼多年。

你小時候，我還是很盡心的。因為你是早產，我一門心思撲在你身上，不看電視、不逛街、不買衣服、不出去玩。我學習了很多護理早產孩子的知識，知道哪些食物能夠增加你的抵抗力並盡力實行，於是你長到七歲沒打過針，感冒了吃點藥洗個澡就頂過去了。

現在你大了，我對你的態度不比以前好了。雖然很多時候我對你很溫柔，陪你說笑話陪你學習，帶給你很多快樂，但是我卻打了你罵了你！

我不覺得自己有理由打你罵你，雖然你錯了。哪個孩子不會犯錯呢？為什麼我會那樣呢？讓我今天仔細想一想。

原因是我變了，我的精神變了，我的性情變了，我變得歇斯底里。

真的，偶爾我會管不住自己的情緒。

如果是一個人，我會傷心的哭泣。如果是孩子做錯了事，我會發脾氣。我是在牽怒於我的孩子或者在發洩！但是只有丈夫在家，看到他仿佛這世界只有他自己的一副模樣，我反而會平靜地走出去，來到圖書館，寫寫日記或詩歌。

如果家裏沒有孩子，我在家裏就會窒息，一刻也待不下去！難道這是上帝在給我補償，他知道我這輩子會很孤獨，就讓我縱使歷盡艱難也生養一個孩子？

想想這個孩子的到來，我就想歌唱。是啊我的孩子很堅強。

在你一個月，我先兆流產。在你七個月，我早產。懷著你我常常暈厥，懷著你我和你父親吵架，懷著你我像有第六感，在夜賊撬門時突然驚醒。

有了你，我學會應對生命中的不順，比如像現在。

生命就是這樣，當它變成一座山壓向你，你不奮起抵抗，就會被壓垮。

當你做錯事，應該是靠近我，聽我講道理，讓我告訴你正確的做法，可是你卻害怕我發脾氣跑開了。為什麼呢？原因在我身上。

因為你雖然愛我，卻並沒有把我當作一盞燈，一盞照明你道路的燈。因為我從未這樣做過。

當你做錯事，我發脾氣有什麼用呢？只能讓你下次做錯事的時候從我身邊跑開，而不是傾聽我對你說些什麼。

今天知道了這一點，以後我會下更大的決心約束和管住自己。

5.

我把憂傷埋在心裏，只把快樂帶給你。

倪蕊知道，自己變了，變得讓自己陌生。她反覆地照著鏡子，發現鏡中人她不大認識了。

她反覆呼喚自己的名字，卻疑惑被呼喚的人是誰。

她知道壓抑自己的後果了，她知道囚禁自己的後果了，她知道委曲求全的後果了。她知道了這一切的後果，還是不知道自己是誰，她再也找不回原來的自己了。

家裏有電腦，倪蕊卻總是在外面花錢用電腦，在家裏用丈夫的電腦，她一個字也打不出來。

家裏有飯，倪蕊也花錢在外面吃。公公婆婆說她不要臉，她怎麼能吃他們做的飯呢？

至於夏曉兵，他從不在乎妻子在哪兒吃飯。

日子再難過，倪蕊也不會乞求哪個人。

夏曉兵不說話，每天仰著頭出出進進，從不跟妻子打招呼，也很少跟他的父母打招呼，他的父母主動熱情跟他招呼時，往往沒有回應。他身上的肉越來越多，背越來越厚，擠壓得心又薄又小，他因此總是說別人的不是。

倪蕊對夏曉兵溫和地說，我們買一個房子吧，我們一起買！她暗想一起買房子，意味著往後兩個人至少會一起承擔房貸，這會是改善兩個人關係的一件事。夏曉兵卻堅決地回絕了。

倪蕊又對丈夫說，那我在外面買個房子吧。他說，隨便，你買房子自己操心。倪蕊說，錢不夠。他說那是你的事。

把你的公積金用一下好嗎？房子算我們共同的，倪蕊依然好好地同他商量。

不行，他堅決表了態。

於是倪蕊還留在這個家裏，留在這個只有兒子沒有別人和她說話、說話就諷刺她的家裏。她不能表示她的觀點，無論什麼觀點會招致幾個人的反駁和攻擊。

沈默是倪蕊的保護色。然而她的沈默，依然會惹來一些糾紛。隔一段時間，公公婆婆會因為看不慣和她吵一頓。她帶孩子出去學琴晚回來吃飯讓他們等的時間長了，她接孩子放學卻沒跟他們打電話讓他們白跑一趟（其實她打電話的時候他們沒接著）等諸多事情，讓他們覺得煩。

她懶得解釋，他們要吵架她就陪他們吵，他們攻擊她她也攻擊他們，正好讓她發洩一下。也有很多時候她不想跟他們吵。有什麼意思呢？吵架是為了達成共識。然而她在這個家裏能和誰達成共識呢？除了她的兒子。她便忍受他們，實在忍不住了就吵一下。

大部分時間，倪蕊和她的孩子在一起有說有笑，她幽默地帶他學習。當她要他練習葫蘆絲，就會對孩子說，真想聽一個小朋友吹葫蘆絲睡覺啊，他一吹我就可以做一個美夢啦！孩子聽了，便樂呵呵地吹奏起來。

倪蕊決定把憂傷埋在心裏，只把快樂帶給孩子，她親愛的孩子。

她和孩子比賽背書，她有辦法讓孩子每天做作業喜笑顏開。

夏曉兵要帶孩子出去，孩子磨蹭著不出去，並且無聲地哭了。

倪蕊對孩子說，去吧，爸爸喜歡你。孩子去了。

倪蕊用行動告訴孩子，你是幸福的，你有爺爺、奶奶、爸爸和媽媽同時愛著你。

倪蕊知道自己是猶豫和懦弱的，與丈夫半分居多年就是證明。只有一個目標，一個堅定的目標她是清楚的，就是要讓孩子感受到完整的家庭之存在。

為了讓孩子畫完整的《全家福》，

為了讓孩子寫完整的《我的家》的日記，

為了孩子……

倪蕊清楚，丈夫無意和她好好過下去。他從不思考這個問題，她想改善時他也不配合。他完了，習慣冷漠的生活了。如果讓他的兒子單獨和他過，不知兒子會變成怎樣，也許和他一樣冷漠，喜歡待在床上，不喜歡說話，喜歡吼人。兒子和他在一起，他早上睡覺，下午打麻將，哪來時間管孩子呢？所以他們還只有繼續這樣的半分居生活，還能讓兒子看見他，強迫他為兒子做點事。雖然大的方面她的生死跟他無關。一次，她病了，公公婆婆都問候了她，而他對她依然不聞不問。小的方面，她的行蹤跟他無關，她去哪裏，哪怕帶著孩子去了很遠的地方，他也從不問候一聲，她的同事對此很奇怪。她就騙她們說，他給她發信息了呢。

6.

夏曉兵熱衷報復他的妻子，因此，他對她比她對他更冷漠無情。在孩子面前，她會和孩子溫和地說起他的父親，讓孩子不認為她和他的父親形如陌路。而他就不會了，無論在誰的面前，他都不會主動搭理她，維持著他那可笑可憐的高貴。他報復她，報復她曾經拒絕他的求歡。

夏曉兵用冷漠報復她，他沒想到別的。他不會提出離婚，就這樣，半分居生活，比離婚好多了，她不管他的錢和行蹤，只是讓他保有丈夫和父親的完整身份。

他吃得香、睡得香，心寬體胖，早出晚歸。

倪蕊在論壇裏撰寫文章談到對性的看法。她說，只有愛才能保持性的純潔。這話引起了很多網友的質疑，他們有的說，這是天方夜譚，現在社會誘惑太多壓力太多，性是一種緩解壓力帶來快樂的方式，為什麼偏要和愛扯在一起呢？愛是十八歲以前的事。

倪蕊不與他們爭辯，她堅持自己的看法。沒有愛的性是虛無的，哪怕你身體裏還留著他的體液。

午夜兩點，倪蕊忽然從夢中醒來，隨手從枕邊拿起一本書，選擇舒服的方式隨意地讀。同時，她打開了手機。

是一串陌生的號碼。

不好意思，這麼晚打電話給你。你知道我是誰嗎？

想不起來，最近她把手機號碼告訴了幾個網友。她告訴他們號碼的時候沒有告訴他們只能在午夜打來，這不是她能左右的。有的男人說自己很孤獨很寂寞，但是他就是不能在午夜打電話接電話。

猜猜我是誰？猜對了有獎。電話那頭調侃的幽默，輕輕地吹走了她的一些寂寞。

我隨便瞎猜，猜錯了請不要生氣。

誰生氣誰是小狗。

上海的飛人？泉州的大勇？還是深圳的渴望激情？請選擇一種答案。

真是狡猾的小女子。告訴你，這三個都不是。我是你的鴻，我說我會來看你，明天我就去，

是嗎？倪蕊不為所動。在所謂的激情面前，她日漸變成一個化石。

鴻，肖摯鴻，是那個從小學開始就喜歡上她的男人，固執地認為她是他的最愛，身高一米八的部隊軍官嗎？是倪蕊母親一見就喜笑顏開的男人嗎？在倪蕊戀愛的青春歲月裏，她太專一太執著，追求完美，不能原諒他的不忠而和他分離。但是她不後悔，因為後悔不能改變

什麼。之後種種，各自成家之後重新聯繫的故事，與愛無關。與倪蕊而言，他太遙遠了，和她的世界隔得太遠了。他這個人把愛當作生活的調料，而她，卻把愛當作畢生追求的信念，決不會褻瀆愛情。他這次說要來，跟她有什麼關係呢？他曾經用沈默和軟弱表明他們之間愛的無力，他忘記了嗎？

我還記得你在我懷抱裏的溫柔，肖摯鴻用曖昧的語氣挑逗她。此時，倪蕊只聽得出他聲音裏有一種曖昧。還有沒有溫柔和深情？她竟然聽不出來。

但是她寧願他有。事隔多年，在她憂傷的時候，她還是願意利用他的懷抱。不明白他怎麼如此寬容，最後一次她對他說，這輩子我們不要再見面了。

明天我會來看你，別說不同意。

不容倪蕊說話，他掛斷了電話。

有一種男人的聰慧和霸氣。鴻變了，以前他就不這樣，他會問，可以嗎？而她以往殘忍地說不可以，她說可以的時候也很多很多。那時青春年少，癡情執著也對性滿懷渴望。過去的愛情是什麼？什麼也不是。

但是明天，我不知道你可不可以來，我還沒想好呢。倪蕊把電話打過去，居然關機。醒來的時候，正好七點半。刷牙、洗臉、擦護膚品。看著鏡中的女子，微笑。看窗外的陽光，還是和昨天一樣。

下午六點鐘，倪蕊從喧鬧的單位出來，看見他，笑著望著她。

心裏暗暗生氣他大剌剌地等在單位門口。她沒有笑，也沒有說話。她從他身邊走過算是打了招呼。她在前面走，他在後面走。一路上，有許多詫異的眼光從他們的身上拂過。她看見他很得意。

那次筆會分手後，他們沒有電話，也沒有短信。她告訴他別和她聯繫。她說，沒什麼意思，我和你，你有老婆我有老公的。

可是我愛的只是你啊。他發誓。

他的表白她無動於衷，她要的不是他那樣的愛，可憐的感官上的愛，說一說，做一做，無聊死了。過了青春期，那些愛的勇氣和決心和年齡成反比了。有太多平凡的東西能阻礙偉大的愛情。愛情到最後變成一個賊，偷藏在心裏。倪蕊發現自己沒有愛情的婚姻竟然也能阻擋愛情，因為婚姻裏有可愛的孩子。

他高興地跟著倪蕊，她把他領進一間賓館房間，安排了吃住了以後，準備離開。

他說，你不陪我？

倪蕊笑笑，沒意思。你老婆看著呢。

她看不見。你，你不是和你老公分床了嗎？

那是我的事。我和你，在上次就已經解決了

上次我不是故意的。我不是故意要那樣。我這次補償，好嗎？

別說了！不要浪費你的激情，回去留給你老婆吧。

倪蕊轉身走了，一直走回她的小房間。她的丈夫在另一個房間已經酣睡。

真實的愛能保持高貴的性，高貴的性能保持真實的愛。

其他，與愛也與性無關。

倪蕊不要沒有意義的激情。

第九章　用未來槍斃過去

倪蕊常常在饑餓中思考、反省。她以為她的存在，除了生養她的孩子，對這個社會一定有其他的意義。世界這麼大，難道就沒有別的地方證明她存在的意義？

有人死了把自己的器官捐贈給醫學，倪蕊呢，她就捐贈她的思考給一些人。假如她的思考是病態的，那就供別人參考吧。

1.

一個很長的夢，頑固地在倪蕊的每個夜裏來臨。她發現自己夢見的東西並不是白天所想和所困惑所期盼的。為什麼呢？難道是下意識？一個身影，背對著站在一棵樹下，不言不語不回頭。或者一封信，靜靜躺在倪蕊手心，然而總是還沒等到看清地址，更別說詳細的內容，夢就被一個她那不小心的翻身攪碎。

最開始有情節，有聲音，就像倪蕊是導演，夢中出現了讓她恐慌的場景時，她會把夢中的自己從夢中叫醒，然後再入夢。

這個夢，不能修正的夢，夜夜來臨的夢，是關於她和一個男人。她發現，在夢中，她是那麼渴望一個男人來到身邊來愛她。夢不可抑制，背叛著主人的意志，出賣著主人的計畫，也或許在試圖挽救主人，讓主人成為一個有愛有血有肉有生氣的人。現實中沒有愛，那個夢，夜夜來臨，導演著愛的故事。雖然沒有完美的結局，總是有遺憾，遺憾過後，便憧憬下一個夢的來臨，如此迴圈。

她把夢告訴了肖摯鴻，她說她夢見了他，但是他總是在夢裏背對她。肖摯鴻收到了短信，回信只是一個問號。

你不相信我說的？倪蕊知道他為什麼不相信。這個男人還記著上次他來看她，她讓他獨自睡在旅館裏。他認為她對他很絕情，他認為她現在在撒謊。

倪蕊梳理了一下自己對肖摯鴻的情感。她知道自己想的不是現在的他，而是過去的他，那段青梅竹馬的戀情給了她美好的回憶。她認為，過去他們之間才是美好的愛情。而現在，隔著太多的人太多的事，並且不想到未來在一起，只是今天想了就在一起。即使在一起也不能投入放心地在一起。他太膽小，她太疑慮。他擔心他的妻子會知道，哪怕隔著千里。她疑慮他的愛變了質。過去美好強大的愛情，現在變成了醜陋弱小的偷情。而偷情裏，他想得更多的是性愛，她呢？當然不會同意了。

縱然如此，她卻總在夢裏想起他。那些場景，有時是年少的時候，有時是現在。為什麼會這樣呢？倪蕊想了很久，最後終於知道了癥結所在。她的潛意識裏，是希望過去的愛情有美好的結局。或者，她只是陷入了過去的愛情裏。她認為自己過去的愛情才是真正的美好的愛情，所以她會不停地夢到肖摯鴻。這是多麼變態和幼稚的想法啊。這種想法隱藏於她的心靈中，以模糊不清的形式存在著，毒害著她的生活。如果不是這個夢，她還會繼續中毒。

以前倪蕊以為時間是個減號，會將一個信奉愛情的人從她的生命中一點點減去她對愛情的信奉，現在她體會時間在愛情信仰者面前，只會甘敗下風。關於愛情的回憶，她可以不要。但是關於愛情的憧憬，可憐的沒有對象的憧憬，還會繼續，從白天到夜晚、從夜晚到白天，堅持到生命的舞臺，倒塌。我能不能不要這樣呢？倪蕊想，我能不能不要這樣辛苦呢？關於過去，女人要用未來槍斃。不能看著身體的花蕊被時間一點一點吞噬，忘記反抗。

2.

關於婚姻的未來，倪蕊似乎明瞭了。她以為自己可以不要愛，只要婚姻，就像她的父親母親一樣。愛情讓人煩惱，愛情的背叛讓人傷心。既然如此，沒有愛情不就沒有煩惱沒有傷心了？倪蕊知道自己的思想的癥結了。而她悲哀地發現，她忍受不愛的痛苦遠遠勝過她忍受愛情的痛苦！不然，她怎麼可以過著這種半分居生活，這麼多年呢？

兒子夏康已經六歲了。兒子多大，就意味著倪蕊和夏曉兵分床不分家的生活持續了有多久。

回想過去，倪蕊發現自己能忍受的是忠實的生活，不能忍受的是不忠的愛情。她的一個朋友，郭蓮，就比她能忍受愛情、堅持愛情。她忍受了愛情的風風雨雨，最後終於見到了彩虹。她說她的老公在她的兒子一歲左右時，每天凌晨回家。回了家還能接到女人的電話。有一天，她奪過老公的電話，那女人在電話裏稱呼——老公。她呆住了。她要跳樓，兒子在哭，老公跪下來保證。保證他的身體是絕對忠實於她的！她聽了，知道那是此地無銀三白兩。她哭著望著自己的兒子，發覺自己不能狠心離開這個世界。更讓她絕望的是，她在心裏願意相信老公的謊言。於是他們的婚姻堅持下來了。到現在，也還很恩愛，郭蓮總是一臉幸福。不管多累，她都充滿活力。最令倪蕊感歎的是，她減肥成功。相較之下，倪蕊覺得自己對愛情的態度是不夠耐心和決心了。自己追求的是所謂完美無缺的愛情，沒有波折，沒有別人。也許正是因為這種沒有包容的愛情方式，讓她得不到愛情。而她得不到愛情，竟沒有對愛情失望，也沒有恨過愛情。她只是和愛情孩子般的賭氣：你以為你多了不起嗎？我就不要你！

她決定和愛情一刀兩斷，於是選擇了婚姻。她為這個選擇，堅持著，三年後卻過起了半分居生活。她在剛開始還堅持得不錯。後來因為疾病、夢、孤獨和不能做無愛之性的事實，使她明白，她不能忘卻愛情。

這個秘密，她還能堅守多久？

沒錯，沒錯，倪蕊早就該和過去告別了。她意識到自己現在的處境，覺得恍惚，怎麼我的現在是這個樣子呢？我又不是小孩子，不是十七八的小姑娘，我還幻想什麼呢？有時候她會從床上爬起，幽靈般走到丈夫夏曉兵的床前。夏曉兵睡覺的時候多是開著燈的。他常常在電腦的陪伴下睡著，不知道關燈。他睡覺呼吸不暢，鼾打得也不通暢。倪蕊研究丈夫的呼吸器官，發現他的呼吸方式不對。他習慣喉嚨用勁呼吸，她不知道自己的發現對不對。她很擔心丈夫的鼾會要了他的命。於是她提醒夏曉兵，看一看耳鼻喉科，她的好心的提醒，讓丈夫很氣惱。丈夫認為這個女人真是奇怪，自己又沒和她睡在一起，幹嘛還煩他打鼾呢？倪蕊心裏知道丈夫不會被她說服，哪怕她告訴他自己真的只是擔心他，並沒有別的想法，他的鼻子裏會不屑地哼哼兩聲。但倪蕊還是想試一試。她耐心地說出了自己的心裏話，果然，丈夫輕蔑地望了她一眼，然後鼻子哼哼了兩聲，倪蕊只有搖搖頭。此時，夏曉兵意外地沒打鼾。他今晚沒喝酒，睡姿也算正確，沒有擠壓自己的身體讓身體縮成一團。倪蕊想，自己此時睡在丈夫的身旁會怎樣？丈夫翻個身發現倪蕊意外地睡在自己的身邊，不會高興，只會意外，覺得女人不可思議，當然對她不會有好臉色。但是如果他此時的身體正在興奮中，就不一樣了。他會不言不語地和倪蕊做愛。兩種結果，都是倪蕊不想要的。她現在只是想說話，哪怕他只是輕輕問問她，你怎麼啦？她笑著自己的簡單的要求和想法，輕輕地關掉了丈夫房裏的燈。

分床之後，倪蕊曾經和她的丈夫睡了整整一個晚上，那是個冬天。夏曉兵突然好言好語，來到倪蕊的床上。倪蕊和他好好談了一下怎樣教育孩子的事情。當倪蕊對他說孩子要耐心教育不能只吼只罵，那樣會把孩子的自信心和做人的熱情都嚇跑的。很奇怪的是，夏曉兵沒有不耐煩，對這種觀念沒有嗤之以鼻。以前他總是對別人哪怕是書上的觀念都不屑一顧，只是堅持自己那令人討厭的觀念。夏曉兵如此正常地和倪蕊交談，真是很少見。倪蕊心裏很高興。

談完了，夏曉兵自然要了倪蕊。

然而第二天清早，倪蕊喊夏曉兵起床時，一連喊了幾聲，夏曉兵卻又恢復了以往的態度。他粗聲粗氣地說，知道了，同時又一臉陰沈。倪蕊的好心情頓時無影無蹤。她搖搖頭，不再喊他，由他去。公公依舊到夏曉兵的房裏喊他起床。看到他在倪蕊的床上，不做聲了。倪蕊知道公公不做聲，其實是心裏高興得很。這可憐的老人。

不就是在一張床上睡覺嗎？倪蕊想。如果她要求夏曉兵每晚到自己的床上睡覺，情況會怎樣？她不確定，丈夫是一個很任性的人，她即使想那樣說，如果他心情不好或者正好想到了倪蕊從前拒絕和他做愛的事情，他是會拒絕的。

他不知道自己恨她，不知道他就是在報復，她給他指出了他會不高興，會和她吵架，他喜歡抱怨別人卻不知道自己有這個習慣。

他不去理解別人和反省自己，他常常一整天都不說話。舌頭與他，只是吃飯的工具了，不過他吵架時不是那樣，他的嗓門很大，並且很有理由。

倪蕊這樣想了，卻很猶豫沒有把握。於她，性不是義務，她很想，卻做不到。性很壞事，於她的家庭，它可以起破壞作用，卻不能起修補功能。他們破而不敗的婚姻之所以能夠延續，是因為夏曉兵的思想和行為的懶惰，他不想分析，不想改變。還與倪蕊對孩子依賴的愛和她對離婚的恐懼有關，更與彼此的習慣有關。

3.

那一次，倪蕊帶著孩子出去玩了，留下夏曉兵在家。兒子快兩歲。家裏的老人那天都出去有事，老人臨出門之前對夏曉兵說，你把菜撿一下。於是倪蕊帶著孩子出去了。等她回來，夏曉兵還躺在沙發上，倪蕊出去他是什麼姿勢，回來他還是什麼姿勢。

她問他，你怎麼還不揀菜？他沒有反應。她提高聲音問他，你怎麼還不揀菜？他大吼一聲，你管我！後來發展為打架。

家裏的老人回了，當她說他先動手打人時，他哭著脫下自已的褲子，說她抓了他。她被他的舉動震驚了。婆婆吼她的兒子說你先動手打人，她打不過只有抓你。他說你們就知道維護她。她停止了她的傷心，她只為他傷心。她望著她的丈夫，那還在憤怒還在哭泣的男人，忽然覺得是不是該給他請個精神病醫生。她這樣想，但是不敢付出行動，一是因為當地的醫生大都沒有為病人保密的習慣，二是她如果真的這樣做的，還會有更多的人跟她吵架。她厭倦了吵架。

倪蕊後來明白，傷心和吵架不能解決問題，談話也不能解決問題，互相不理不睬也許是辦法。他們的婚姻是一個絕症，一個不會馬上死亡的絕症，只能保守治療。

倪蕊漸漸明白她會一直孤單，於是她開始為心尋找歸宿。開始她寄希望於手機。她頻繁地接打電話，一個月的薪水可以為電話用去一半。開始時倒是讓她愉快了。時間一久，也覺得無趣。那麼昂貴的電話交流，也沒留下什麼，哪怕友誼。真正的牽掛不是單向的聯繫。

上網？不過是夢遊了一番虛擬世界罷了，於是寄希望於她的孩子和她的詩歌與她的小說。孩子是她心甘情願立於人世的責任和愛，詩歌和小說是照亮她黑暗的亮光。

但是還有什麼倪蕊沒有老實承認，現在倪蕊是在寫日記，她必須深刻地解析她自己，她的心裏還是在熊熊燃燒著愛情的渴望，在詩歌裏在夢裏在如水的即將老去的感傷時光裏。

她憂鬱地想，如果她的孩子不在身邊了，如果她有一天躺在床上忽然就起不來了，誰來呼喚她把她扶起來呢？她太消瘦了，身體常常流血，去醫院檢查也查不出病。她常聽到有老人死在床上無人收屍直到臭味飄出門外，這樣寒心的事情在別的年輕人耳邊只是很遠的的事情。與她，與現在還年輕的她，卻是一個惡夢。

倪蕊常常夢到自己血流如注，一個人不知所措。

她常常夢到自己陷在黑洞中，一個人不知所措，她被這樣的夢驚醒時，會呆坐到天明。

倪蕊想，自己應該考慮有一個自己的住處，在這裏她會安裝自己的電話和電腦，還要擺放鋼琴。如果丈夫願意過來住，就讓他過來住吧。只要他能提出這個要求。如果不願意，就不勉強。至於恨，倒是有一點的。只是恨有什麼用呢？除了讓自己不快樂以外，沒有別的用處，除非你恨的對方在乎自己被恨。

4.

倪蕊在心裏渴望有一個「你」，和她面對面地說話，這個「你」和她很近，心很近。能夠包容她的不正常。經過這麼多年的半分居生活，她已經對情感太在乎又太沒有把握情感的能力了。她希望這個「你」和她在一起，能讓她忘記她的身體經受的折磨。能讓她和「你」的心靈愉快地交流，這個「你」可以為她治病。

有一首歌倪蕊經常聽。那首歌無意飄到她的耳邊，讓她頓時流下了眼淚。歌裏唱到：如果出去為了愛，我會不會失敗。倪蕊聽著聽著，發覺自己是那麼優柔寡斷。她恨自己的優柔寡斷，她帶著對自己的恨，很多個夜晚聽得流下了眼淚。孩子問她，媽媽，你怎麼這麼喜歡聽這首歌啊？倪蕊趕緊笑著說：你不覺得很好聽嗎？孩子認真聽了一會搖搖頭說，不好聽。

你說不好聽？倪蕊認真地說，然後她又仔細地聽了一會，對孩子笑著說，我兒子說得對，這首歌真的不好聽，媽媽不聽了。孩子已經隱隱察覺到倪蕊的憂鬱，倪蕊不能讓孩子擔心自己。

雖然沒有人知道倪蕊是怎樣的孤獨，但是音樂和詩歌的花朵知道。是繼續下去，保持一個虛偽的美好的空殼，還是衝出去，就像歌裏唱的，衝出去我才可以活過來。倪蕊想，像我這樣的人，在夜裏犯了孤獨症時，可悲不值得同情。好在我不是經常地犯憂鬱症。

什麼是憂鬱症？倪蕊體會的是，那一刻人非常悲觀、絕望，萌發死的念頭。尚有理智的人就會想法解救自己。倪蕊解救自己的方法就是打電話。可是夜深了，她給誰打電話呢？她沒有可以深夜打電話訴說的人。她胡思亂想、強迫自己睡。有人說他們遇見這樣的情況時是看書、或者上網、寫作。她不行，她只有心情平靜時才能做那樣一些事。她就想，來吧，要了很多人、甚至很多年輕人生命的憂鬱症，我不逃避你，讓我和你在一起，看看我是不是會被你打敗。

倪蕊的母親是怎樣度過父親不在的日子？淚水中倪蕊終於明白了，她就靠帶著姐姐的孩子度過一天又一天。她的母親，年輕的時候總嫌孩子吵。等她老了，父親走了，卻只有吵鬧的孩子把她陪伴了。歲月啊，它真是一個自私又任性的傢伙，只要它高興，它就隨性而來，不管你的感受。

倪蕊的父親在他五十四歲就去世了。父親為什麼那麼早就離開人世呢？他是不是原本就打算那麼早就離開呢？瞧他去世之前的那些日子，是多麼讓人心碎啊！他整日整月地不說一句話，也不怎麼寫字畫畫了，家裏的不景氣、兒女的不爭氣，讓他失望了，他只有沈默。喝酒、昏睡。讓他不要喝酒他偏要喝，每次喝了酒就睡好幾個小時。那時倪蕊每次看他睡覺就好害怕，怕他睡過去就醒不來了。後來，父親果然是在昏睡中死去的。父親中午喝了酒，睡了好幾個小時酒仍然沒有醒。他騎車回家，恍惚中沒有看清前面有一輛大卡車，於是，父親被撞到在地。父親沒有外傷，沒有流血。他被撞了以後不能走路不能說話，躺在一塊門板上，被動地等待著，「看」家人是把他送省城還是縣城。那時倪蕊二十四歲，本命年。按說不小了，卻不能拿主意。只能眼睜睜看著昏迷的父親，等著哥哥做決定。她的母親只知道哭，此時也沒有了主張。哥哥和人商量，最後決定把父親送往縣城，省城太遠，路上顛簸，怕父親會傷得更嚴重。父親到了縣城以後，依然沒有醒過來，不能說話更不能下地。父親的腦袋受了重創，後來父親的各個器官功能衰竭。在父親的彌留之際，倪蕊聽到親戚對父親說：你好了以後還喝不喝酒啊？她的心裏難過極了。她很想大聲對那個人說，我的父親都要死了你還批評他。她流下了眼淚，她的淚眼望著父親，恰巧父親的眼睛也望著她。父親的眼神游離不定，但是依然是那麼溫和。父親溫和的眼神一下子讓倪蕊想起了小時候自己曾是父親最疼愛的女兒。然而當自己長大，卻和父親是多麼生疏啊！父親就這樣望著倪蕊，後來永遠閉上了眼睛。父親臨死前望著倪蕊的眼神，有什麼要說的？在父親走後的很多年，倪蕊還想著這個問題，終於在她和丈夫漫長的半分居生活中，通過靜靜回想和分析，她才明白父親其實不想說什麼，他的眼神只是無言的留念。父親走了之後，他的眼神總是會出現在倪蕊的夢中。

父親去世之後，母親就陷入了孤獨之中。除了倪蕊妹妹的孩子，沒有人陪她。倪蕊偶爾回家，也總是沈默和睡覺的時候多，這一點她好像極了她的父親。只是她不喝酒。

倪蕊覺得自己是一個尚清醒的瘋子，一定是的，她認為世上最愚蠢的生活方式就是半分居狀態。這是一種自殘的生活方式，但是她就要用這樣的方式思考、徘徊：我是怎麼了，我該怎麼辦？她必須要思考。

倪蕊隱藏得很好，沒有人知道她在思考和徘徊，沒有人知道她長期過著這種半分居生活，她用微笑欺騙著人們，她用快樂欺騙著孩子。她很好，尤其是她的孩子，她只把她的笑容呈現給他。

倪蕊已經徘徊了五六年了，還沒有結果。其實她剛開始沒有思索，她只是體會，下決心就這樣過著無愛少性的婚姻生活，她決心這樣過。在體驗中，她痛苦，於是開始思索、反省。沒有愛情、沒有勇氣，還有令她生存下去的責任，令她唯一覺得自己在這個世上活得有意義很快樂的責任。責任，為什麼她不能把愛丈夫當作一種責任？這神聖可恨不虛假的愛情啊。愛有很多種，其中很多種又可以由自己雕塑，只是那麼一種——愛情，怎麼就由不得自己呢？

倪蕊從未聽母親說愛她父親，即使她的父親去世了。她的母親有一種舉動讓她總不明白，就是從未來到父親的墳前。只有父親的孩子每年祭奠父親兩次，一次是春節、一次是清明。母親在這兩次裏都不去，平日裏也不去。

母親對父親卻還是思念的。這種思念裏多是抱怨，還有開始萌發的原諒。

5.

母親對倪蕊說，你的父親在你們還小的時候很懶，不愛做家務，更不愛做農活，到老了有了孫女才有好轉，你知不知道？倪蕊知道母親說的不全對。父親在她小的時候雖然很少做家務，但是有去田裏幹活。他在鎮上的中學教書，一周也只能回來一次。回來的時候就陪著母親去田裏澆水，她記得父親還擔過大糞。怎麼母親忘了呢？倪蕊想母親確實是忘了。相比別的父親，她的父親去田裏幹活也確實是少了一些，但是父親一周也只能回來一次。母親通過抱怨父親，向倪蕊訴說自己的日子曾經是多麼艱難。倪蕊不怪她。母親抱怨了，心裏就舒服一些。還有，倪蕊也知道母親通過這樣的方式提醒她，她現在的日子也很艱難。倪蕊心裏有數。她不會不管她的母親。

你的父親他，在他年輕的時候你還小的時候，他還和他的同學有過一段戀情。這事倒讓倪蕊奇怪了。依母親過去愛鬧的脾氣，她怎麼會忍受呢？倪蕊問，我們怎麼一點也不知道啊？母親低下頭，依然是一副很受傷的神情：鬧什麼鬧？你們還小，我不可能和你父親離婚的。倪蕊想了想，明白母親之所以沒鬧，是因為她對自己很自信。母親年輕的時候很美，而自己與母親的長相絕然不同，母親在倪蕊很小的時候曾經很多次說過她不漂亮。也因為母親對自己小時候不溫柔，倪蕊也從不覺得母親漂亮。但是母親認為自己很漂亮，父親卻在外面有相好的。母親心裏的傷心和失望大於她的生氣。她是一個要面子的人，不願意讓人知道父親喜歡別的女人。而父親的性格決定了他不會深陷這段感情之中。果然如母親所言，父親後來再沒和那個女人有聯繫。

倪蕊帶著平靜的態度傾聽著母親的訴說。當母親說完，她平靜地說，父親是被冤枉的吧？她之所以這樣說，是因為在她的記憶中，她從未聽過父母的床上安靜過。如果父親真的是對另一個女人有興趣，他一周回來一次怎麼和母親那樣激烈呢？倪蕊也在心裏暗暗佩服母親。她能夠放下對父親的懷疑和不滿，投入地享受著和父親過著夫妻生活。

母親說，如果不出那樣的事，你的父親還會繼續做校長。

倪蕊沒有問母親那個阿姨美嗎？以她長大後的審美觀，她覺得她的母親年輕時是很有女人味的。她的粗長的辮子她的大眼睛以及她走路時扭動的腰肢還有她想說就說的潑辣勁，充滿活力。倪蕊小的時候也常聽到有人告訴她她的母親很漂亮。只是母親脾氣很大，總是皺著眉頭，一張臉在生氣的時候就看著很難受，可是漂亮的母親總是在生氣。倪蕊暗想使父親心動的那個女人一定是不常生氣脾氣很好讓父親很放鬆。

母親如今老了。她說，一個女人，一輩子找到自己真正喜歡對自己好的人，不容易啊。她把她的心裏話說給倪蕊聽，毫不保留。倪蕊想起小的時候，母親對自己沒有什麼好言語，總是罵她。她小的時候看著盛怒的罵人的母親，常常會質疑，她是我的母親嗎？母親變了，現在能和倪蕊好好地說話。在她的幾個兒女中，也只有倪蕊能夠聽她說話。倪蕊的哥哥不能，倪蕊的兩個妹妹都不能。

倪蕊終於知道了自己的毛病了，那就是她很小的時候就知道虛構夢想生活，現實不滿意，她就活在自己虛構的想像生活中！

母親在向倪蕊訴說時，倪蕊一邊聽一邊思索，她恍惚覺得人一輩子就是在跟自己作鬥爭，跟自己的夢想作鬥爭，夢想遠離時，拼命實現，實現了，又開始懷疑它，甚至拋棄它，認為它不是自己的理想。

倪蕊想起了她曾經的夢想。在很小的時候，她看見父母親吵架，就希望自己快點長大，談戀愛，擁有自己的家。

所以倪蕊從很小的時候就渴望談戀愛，找到可以依靠的人，找到那種可以帶給自己安全的愛情。也許因為太緊張了，反而和愛情擦肩而過。就像你去比賽，你太渴望冠軍了，反而很難得到冠軍，她的愛情就是這樣。

倪蕊一個人自說自話很久了，就和她的孩子說話歡笑，她竟然開始享受她的這種孤獨的夢遊生活。她對丈夫抱有同情。他在家裏應該比她更孤獨，看樣子是這樣的。他一點也不知道享受親情。他的年邁的父母，他從不主動問候和關心。他們主動問候和關心他，他總是不耐煩回答。他也很少對著他的兒子好言好語，常常一臉不耐煩。倪蕊分析丈夫為什麼會對兒子態度不好呢？是他天生這種個性還是他煩兒子，認為兒子奪走了倪蕊的愛，奪走了他的床。倪蕊還要進一步分析。丈夫夏曉兵明顯看著很孤獨，可是他並不痛苦。他已經沒有感受情感之痛苦的能力了嗎？倪蕊確定他能感受疼痛和饑餓，疼痛和肌餓會讓他受不了。他身上的肉難以減一點。孩子也很知趣，知道他的父親是不會耐心對他的，於是也很少找他父親講話。

倪蕊覺得自己應該和丈夫講話。孩子大了，他看到他的父母不交往會傷心的。他曾經問過這樣的話：媽媽，你為什麼不和爸爸交往啊？聽了兒子的話，倪蕊心裏很難受。她決定試著改變這個情況。

於是孩子在的時候，倪蕊儘量和丈夫講話，儘管他很少回應。他依舊在她面前保持著他那可笑的尊嚴。他不理倪蕊，即使孩子在他面前。對此，倪蕊淡淡一笑。反覆地有耐心地追問，直到他答覆為止。哪怕他一臉的不耐煩。只要他不吼著答覆就好。倪蕊還是忍受不了夏曉兵粗聲粗氣地吼人。

她控制自己，儘量不表現出生氣和傷心，因為這樣會更加惹惱夏曉兵，他會找她吵架。而吵架會讓孩子心情不好。

倪蕊堅持繼續搭理丈夫，不管他的態度如何，她不要讓兒子看見他的父母形如陌生人。

6.

倪蕊試著破壞丈夫享受這種自由孤獨的日子。

倪蕊笑著看生活給她的酸和苦，是的，這一切有什麼呢？再苦的日子，都不能讓它擊倒她。每天太陽升起，她都穿戴整齊。走在路上把心中的歌聲灑在風中。生活中還是有很多歡樂，而歡樂只屬於樂觀和勇敢的人。

家裏人在吃飯，夏康問倪蕊怎麼不吃飯啊？倪蕊說她不餓，她要出去一下。夏康又問，你去哪兒？倪蕊說去圖書館。公公對夏康說，你管那麼多幹嘛？倪蕊聽了，心裏冒出一股火，她走到餐桌旁，盯著大口吃飯肚子快爆炸的公公，心想這個人就像從餓牢裏放出來的。孩子關心他的母親是應該的，這個人憑什麼不讓孩子管呢？倪蕊調整了一下自己的情緒，轉而看著夏康說，謝謝你關心媽媽，媽媽不餓，一會就回來陪你。

夏曉兵在看電視，婆婆也在看電視，只有公公在做事。哦，在醃辣蘿蔔。夏康跑到爺爺那兒，很感興趣地問東問西，還要試試。

公公生氣了，他忽地跑到倪蕊的房門前，大吼：你在幹什麼？怎麼不把孩子看著！

倪蕊把門打開。公公看見倪蕊面前的稿紙，他一臉鄙夷，又寫什麼東西啊？要寫出去寫，別在我家裏寫！

公公吼叫的時候，夏曉兵和婆婆都在看電視。

倪蕊不想和公公吵，她的兒子在身邊。她歎了一口氣，為這個老人無故地發脾氣。她無聲地抱過孩子，在心裏說了句，好的，總有一天我會出去寫的。但不是現在，得等到我的兒子長大了。

夏曉兵不主動和倪蕊溝通，公公就代表他的兒子來和她溝通。他說，我不要你做什麼女強人，你只需要做做家務把孩子帶好就行了。

倪蕊看著公公蒼老的浮腫的臉，知道自己不能再沈默了。她一字一句地說，我做什麼人，不是您說了算。再說，我從來沒想到要做什麼女強人，您以為女強人那麼好做嗎？至於當個全職太太，我沒那個福氣。您的兒子，他也未必想我做個全職太太。您說這話，徵求了您兒子的意見了嗎？公公不出聲了。

公公覺得倪蕊在學習，在追求在更高的境界，是讓他兒子婚姻不好的原因。於是他想強迫倪蕊降低自己的人生目標。

暑假。倪蕊上午陪孩子做作業、練葫蘆絲、寫日記和背古詩，下午她讓孩子去畫畫班畫畫。她請孩子的爺爺送，她去接。他先不同意，說，你接送不行嗎？就你忙，你忙什麼？

倪蕊看著他越來越大的肚子，心想你就當減肥送一下不行嗎？只五分鐘的路程。但她不敢這樣說，她怕他高血壓犯了。她只說，是的，我很忙，我要打十萬字。每天下午我不睡覺就開始打，送孩子時間是下午三點，這對我有影響。

最後他們同意了。因為倪蕊說，你們每天看電視，我就不能打字嗎？我不能有我自己的事嗎？我學習錯了嗎？難道你們要我像你們一樣天天圍在電視前，讓康康看到他媽媽只是一個沉迷電視不上進的媽媽嗎？

公公不說話了，他答應送孩子，但是如果倪蕊有事，想讓他和奶奶從電視機面前離開去接孩子，是不行的。所以不管她的東西是否寫完，她必須關機，離開她的電腦她的思緒。

女孩子們唱，想唱就唱，倪蕊很欣賞這簡單的歌詞，對啊，想唱就唱。管他有沒有人欣賞；想唱就唱，要唱就唱得響亮。倪蕊如今就是這樣，她就是要寫，用筆唱出自己的過往和心聲。

倪蕊現在在歌唱的時候，無人欣賞，她也很惴惴不安，不知自己唱的是什麼狗屁東西。於是她告訴自己，即使是狗屁東西，還有屎殼郎喜歡啊。最關鍵的是，這樣的歌唱讓她走出了悲傷。

活著，是需要人愛的，可是如果沒有人愛你，你就找人愛自己。比如你的父母你的孩子，只要你需要，他們不會吝惜。

還有，自己要愛自己啊。倪蕊想人活著就要這樣，她愛她的瘦小的身體，她愛她的詩歌她的小說，她愛她寫詩歌的勇氣和決心。為了這，她要爭取時間。她愛她現在的孤獨，她愛她的過去。她愛她想做一株紅梅的念頭，經歷風雨，定會有奇香撲鼻，她愛她的堅強：就是一朵遲開的花，飽經風霜雪雨的摧殘，但沒有放棄對生命的執著。她傲立人間，把挫折當作養料，幾經沉寂，最後在太陽下綻放滄桑又美麗的笑臉。

7.

倪蕊的母親又老了一些，白頭髮已經藏不住了。看她現在這個樣子，倪蕊怎麼都不能聯想到過去她曾經是怎麼美麗。她看見歲月是怎樣把她的母親變成現在這樣蒼老的模樣。她看見如今蒼老又孤單的母親脾氣比原來好些了，她還帶著大妹的孩子，那孩子從剛出世就跟著母親。是母親把那可憐的孩子養大，又是那可憐的孩子陪伴著孤獨的母親。

大妹的孩子從很小的時候知道她的父母親不好，她經常看見她的父母親在打架，而今她的父母親已經分開了。她是個敏感善良的孩子。家裏人都批評她的父親不負責任時，她維護著她的父親。雖然她的父親當著家裏人的面漠視她，在她成長的幾年裏，很少盡過責任，不但沒有給錢，也沒有給於照看，但是善良的孩子在她母親過母親節時，寫了這樣一封信：

親愛的媽媽，您好！今天您過節了，我不能買禮物給您，只有寫一封信給您，表示我的感激和愛。我祝您開心。我會好好學習，長大報答您的養育之恩。還有，您要常常看看我的爸爸，您別恨他，他也很可憐。

看著孩子這樣的信，大妹妹哭了，倪蕊也哭了，孩子的心裝得下明朗的天空啊！

倪蕊的大妹很痛恨她那瘦小的丈夫，決然離開了他，回到了矮胖初戀情人的懷抱。沒過多久，她後悔了，因為她的初戀情人竟然性無能，並且白天和夜晚顛倒著生活。於是她想和她的丈夫重歸於好。

可是三個月時間，回不去了，她的丈夫有了新歡。她想和丈夫合好的時候，忘記了丈夫曾經怎樣打過她，她懷念他的幽默和機智。不像她的初戀情人那樣木納、呆滯。而且，她的初戀情人好噁心啊，而今竟然是性無能，性無能也就罷了脾氣真古怪。白天活像一隻貓頭鷹，睡覺，不讓人發出一點聲音，也不讓開窗，家裏已經有霉味了。到了晚上他就有精神了，出去下棋，直到凌晨三、四點才回來。他把自己弄成了貓頭鷹，也恨不得她也是貓頭鷹。

大妹有事情發生的時候，就會找家裏人。平時好好的，她不會給家人消息。十幾歲的時候，她恨母親，恨家裏，初中畢業隨便讀了個學校學習了一個謀生的技術，就出去闖世界了。等她離開家兩年第一次回到家，肚子裏已經有了小孩。她大著個肚子嫁給她丈夫，婚禮上她很幸福的樣子，只是這個樣子很快就消失了。

她的丈夫整日整夜地賭博，回來心情不好聽不得她的嘮叨打她，她身上傷痕累累。她跟家裏人訴苦，怪家裏人不能幫她，她的孩子從一出世就待在倪蕊的母親父親的身邊。她覺得是應該的，因為她給了生活費的。倪蕊的父親對兒女們的失望就是從大妹妹開始。他覺得她丟盡了他的臉，他把失望埋藏在心裏，只是喝酒。

開始家裏人每次都聽她訴苦，後來大家怕她了。每次她回家，大家都不問候她的感情生活，由她去。

於是大妹開始自己處理痛苦，她的頭髮掉得更凶了，她開始害怕了。知道自己這樣愛著急愛埋怨並且不愛惜自己有多麼可怕，她開始調整自己。可是頭髮還是掉。

第十章　為什麼會這樣？

花兒告訴我們，活著就要以最美的姿態呈現。可惜許多看花的人不懂花的心聲。只有真正愛花的人才懂，看那些紅紅黃黃經過風吹雨打的花，即使開在僻靜之處，無人欣賞，也一樣綻放自己最美的姿態，沒有自憐自怨。這是對生命真正的熱愛和珍惜。

尤其是一些花，她相比別的花，要多受一些苦，多受一些時間的折磨，在人們放棄了對她的期待時，她終究開放了。這些遲開的花，給世人不只是感官的感受，更是心靈的震撼。

1.

倪蕊越是記錄自己生命的過往，以一個旁觀者或者老人和孩子的身份靜觀，便越是覺得自己獲得了某種神奇的力量。這些力量被她悄悄收藏，悄悄給她孤獨的歲月一些武器和藥品。但是她暫時還沒弄懂這些力量到底是什麼。她需要時間，繼續記錄和觀察甚至繼續等待。

偶爾，倪蕊試著和丈夫夏曉兵說起她對人生的看法。她讓他不要一天到晚躺在床上，她讓他離開床，到外面的世界去，看看綠色植物，這些東西能讓人心曠神怡。並且，適當的運動還是保持良好身體的方法，總之，他應該離開床和遊戲，幹點別的有意義的事。倪蕊還說，人要趁年輕的時候做一些自己喜歡做的事，這樣的人生到老了不會後悔。雖然這樣的生活不是那麼舒服，云云。

夏曉兵聽了倪蕊的話，鼻子哼一聲，他認為倪蕊是在教訓他，只要是教訓，無論是什麼內容，他都會很反感。倪蕊不知道怎樣說才能讓這個男人不反感，她的口氣是很溫和的，眼睛是真誠的，她絲毫沒有誹謗丈夫的意思，她想幫助他，但她失敗了。夏曉兵聽不進去。

倪蕊追問。夏曉兵不耐煩地說，我覺得我和你沒什麼好說的。

倪蕊搖搖頭，離開了丈夫的屋子。那間屋子滿是煙味。

二〇〇六年，倪蕊結婚八年了。抗戰八年最後取得勝利。倪蕊八年抗戰的婚姻，勝利在哪裏？雖然看不到勝利的曙光，但是她已經慢慢知道問題的癥結所在。這些癥結一時半會也說不清楚，當然也不能馬上解決。現在，倪蕊大多數時候狀態挺好的。她已經可以安心地讀書、寫文章了。不像以往，她是強迫自己讀書和寫文章，心卻總是躁動不安，總是有一個問題在深夜或者白天不分場合的時候冒出來，質問自己，你就這樣一個人，孤獨著一天又一天、一年又一年，直到老去、死去？於是倪蕊會對著電話哭泣、對著黑夜哭泣、對著自己孤單的影子哭泣、對著隔壁屋子裏鼾聲如雷的丈夫哭泣、對著自己空空的床哭泣。

現在不了，倪蕊不再是一個愛哭泣的女人了。再哭泣的時候只是因為感動於外在的人和事，而不是因為傷心自己。隨著她長篇詩歌的推進，對自己回憶和審視，就像有一個無形的手術，使她找到了隱藏在她體內多年的毒瘤。

倪蕊無畏而自由地思考，在大街上、在自己的小屋裏、在經過躺在床上的丈夫的時候、在公公婆婆對她的鄙視變為小心翼翼的眼神中。這兩位老人徹底瞭解了倪蕊，饑餓和打擊打不垮她的意志，她是堅強的，為了自己的夢想而堅持，這種精神還是讓她保留吧，對夏康有著言傳身教的作用。

倪蕊想，天空中，有一雙慈愛的眼睛看著自己。這眼睛是誰的，是上帝的嗎，是死去的父親的嗎？是人間愛的天使嗎？都有吧，它們在她的心中。倪蕊的心變得充滿童真和幻想，很多時候，她的心性越來越接近一個孩子。

關於生命的價值取向，關於活著的意義，關於婚姻的問題所在，倪蕊不再和丈夫做沒有意義的討論，那些討論只是戰火的起源。讓他自己清醒吧，如果他能清醒，她會等待。

以前，倪蕊曾幻想公公和婆婆改變丈夫，使丈夫不像現在這樣懶。丈夫四肢懶不想動、嘴懶不想說話、大腦懶不想思考——工作似乎已經耗費了他所有的腦細胞。

有時，倪蕊試圖說服丈夫回到家的時候至少問候一下他的父母親，或者他的兒子。但她失敗了。夏曉兵不理她。

倪蕊也不再要求丈夫在夏天關起門睡覺，他已經不在清晨自慰，只是他在早上挺立的那活兒還是那樣不知羞恥，讓人一眼就看得到，並為之臉紅。他不知道把身體側著睡覺，還好孩子從沒有注意到。孩子不關注他的父親，但也不像父親恨她那樣恨父親。倪蕊見過丈夫逗弄別家的孩子，他對他們和顏悅色，笑口大開。他對他自己的兒子卻不是那樣慈愛。夏曉兵對她不好，那是她應得的，誰讓她沒有盡一個妻子的義務呢？但是夏曉兵不能對孩子不好，不能總用淩厲冷漠的眼神望著孩子，不能總吼孩子。倪蕊觀察過，一年到頭，他對夏康笑的次數沒有三回，這是不好的。倪蕊決定改變夏曉兵對兒子的態度。

2.

沒有人可以玷污倪蕊的父親和母親在她心中的形象。這親切的形象建立起來是來之不易的，倪蕊直到三十多歲才領悟到的，沒有人可以打垮。

有一天，倪蕊的公公挺著他的大肚子，氣呼呼地傲慢地說，他家裏的每個人都比她家裏人強。

他說他比她父親強他的老婆倪蕊的婆婆比她的母親強，他的兒子倪蕊的老公比她的哥哥強，而他的女兒比倪蕊強。

倪蕊聽著公公這樣的話語，心裏感到可悲又好笑。他憑什麼說這樣的話呢？如果是為了告訴倪蕊在他家應該知足，那越是不可理解。他以為倪蕊只是一個動物嗎？有吃的有住的就是幸福的嗎？人不能太自以為是，以為瞭解別人，真的不能。就是這位老人，表面上是在鄙視她，但他的本意是讓倪蕊安心待在他家裏，不要再有什麼稀奇古怪的舉動。

要談收入，的確是公公家裏的每個人比倪蕊家裏的人強。但是收入能決定一個人的優劣嗎？不能，萬萬不能。

女人不用丈夫的錢，不吃兩位老人做的飯。錢不是真心給她用的，她用著也沒有意思。飯是他們以為對她好的重要標誌和管著她的一個理由，她也不需要。

曾經，倪蕊改變了夏曉兵。她讓夏曉兵參加運動，他接受了。讓夏曉兵參加本科學習，他也接受了。那是在婚前一年的時間。結婚後，這個男人一下子就變了。他不再鍛鍊身體，身體有病需要鍛鍊也不鍛鍊，他不聽醫生的、不聽他的母親的、不聽女人的，只是舒服地躺在床上。

倒是拿到了文憑，是抄到的，從不學習，他喜歡這樣。倪蕊說，你應該看看書。他說，我為什麼要看書？我只是拿文憑，別人都這樣。倪蕊說，你確定別人都這樣？他隨口卻堅定地說，我確定。

倪蕊給他的幫助，只是讓他心煩。於是，她放棄，隨他去了。也就明白，只有本身具有和諧引力的兩個人才會和諧，這種和諧的引力是愛，是相互欣賞公公曾當著倪蕊的面誇口他和他的老婆關係好，他刺激倪蕊，說倪蕊和他的兒子關係不好是因為倪蕊的原因，是因為倪蕊不像個女人。

倪蕊說，我不知道你們好不好，我只看見你看奶奶那種討厭和憎恨的眼神，我還經常聽見你為一件小事而把奶奶吼哭。

下面的話倪蕊沒說，你的兒子之所以擁有那樣可怕的眼神和語氣，就是從你那兒得來的。

公公沒有說話。再後來，他沒有再用那種討厭和憎恨的眼神和語氣對婆婆。

公公在向女人誇口和他老婆關係好時，倪蕊心中其實有了敬意。他們很多時候相互討厭和憎恨，但是他們牢不可分。

有一段時間，倪蕊和她的婆婆可以說很多話。那些時侯，婆婆說公公在年輕的時候不是這樣的，脾氣沒有現在壞。現在是到了更年期，完全聽不得別人說他，他也不顧自己死活，不能喝酒偏要喝酒，不能吃太多偏要吃太多。云云。

當公公看見倪蕊和他的老婆有說有笑，他批評了他的老婆。他覺得倪蕊是應該被孤立的。於是後來，婆婆不再和倪蕊拉家常。倪蕊也無所謂，反正她也沈默慣了。

很多人已經遺忘了字典裏還有「追求」兩個字。倪蕊記得小時候老師講過，強調過。後來讀書也讀到過。只是年少時沒有體會到有追求的人生是多麼美妙。現在，倒是體會到了。不過倪蕊的追求也許是不討好的。可是有追求的日子的確好過又快樂充實，滿足。對於倪蕊這樣身體的慾望不多的人而言，這種來自心靈的滿足恰恰填補了那些缺失。

那些追求吃吃喝喝的人就好過嗎？疾病纏著他，讓他不安寧。可是到了飯桌，又忘記了痛楚。

還有，追求刺激的感官享受，病魔也會找上他。

病是什麼？病是死亡的使者，當你面對這些使者，不知懺悔，那麼死亡會親自光臨你。或許你不在乎死了，那麼就沒什麼好說的。但是會輪到你的親人懺悔和痛楚了。

夫妻間可以相互爭執，可以互相埋怨和厭惡，但是不能少了互相關心。倪蕊努力地想著丈夫曾對她的關心。她笑了，畢竟有過。

夫妻間可以相互指責，相互憎恨，但是不能少了相互道歉。倪蕊努力地想著在過去的爭吵中，想起丈夫是有一次道歉的。丈夫那時在她的床上真誠地說，他不會再動手打她了。她聽了這話，哭了。她其實很容易被感動。那晚他們在一起了。

然而，纏綿過後，愚蠢的丈夫竟又回到了他的屋子。倪蕊沒有喚回他，她對丈夫極少撒嬌。

3.

老家似乎比以往乾淨了，漫天飛舞的灰少了一些，路旁的小花被雨洗了，乾淨又美麗。

自然界就是這樣純潔，一場雨就可以恢復純淨面目。

大妹一個人回到家。她沒有談及她的感情生活，她終於明白感情要隨遇而安，不能強求。感情就像一朵花，是一個花期短的，你就別指望它長。當它凋謝了，你就和它道別吧。

大妹的孩子學習成績很好，這對她是個安慰。

也只有孩子能夠安慰大妹。那孩子說，媽媽，你別灰心，將來你沒有男人養你，我來養你。等我長大了，會掙好多錢的。

大妹於是明白，她的餘生，孩子是她的寄託，不是男人。

母親胖了一點，她喜歡孩子們回家。

平常的日子裏，夏曉兵是不會和倪蕊一起回家的。只有到了春節，他才會和她一起回去。很多次，倪蕊獨自帶著孩子，迎著鄉親們不解的目光。但是鄉親們嘴還軟，不會當面問起她怎麼總是一個人帶著孩子。

母親為了買到新鮮的魚，起很早。在童年的記憶中，母親是個愛睡懶覺的人。現在她變了。

倪蕊知道是因為父親死了後，她才有了這個變化。父親不在了，她瞌睡不多了。

所以倪蕊一直不明白，父親和母親之間到底是怎麼回事。母親到現在談起死去的父親，好話並不多。之前很多年倪蕊以為母親很不喜歡父親。因為在父親活著時，母親經常誹謗父親。

父親雖然極少說母親的壞話，但他面對母親也沒有什麼話可說。倪蕊也不知道在父親的心裏，到底喜不喜歡母親。

漫漫的婚姻生活，喜不喜歡不重要，需不需要才是重要的。就像倪蕊的父親母親。

4.

失敗的人生不能打垮我，只會讓我更加堅強。失敗的婚姻也不能打垮我，只會讓我更相信愛情。我活著，要呼吸新鮮空氣，感受陽光。我能在陽光下歌唱，這比什麼都重要——倪蕊

孩子兩歲之前，倪蕊和夏曉兵在一張床上睡覺。之後，倪蕊和夏曉兵就不在一張床上睡覺。什麼原因呢？說起來好笑。那晚孩子半夜醒來要喝牛奶，倪蕊把孩子抱起來，然後喊夏曉兵起來沖牛奶。夏曉兵嘴裏答應了，但是不見動靜。倪蕊只有接連喊了幾聲。沒想到，把他喊煩了，他一下子爬起來，大吼一聲，喊喊喊，喊什麼？像催命的！煩不煩哪！說著摔摔打打，起床沖牛奶。婆婆被驚醒了，瞭解了事情的經過，忍不住對夏曉兵說，你怎麼這樣一個人哪？給兒子沖牛奶都不耐煩？算了，你個懶豬，以後睡小房！不指望你沖牛奶。康康以後醒了我來沖牛奶。明顯一個氣話，夏曉兵聽了卻高興得像領了個聖旨，當晚就跑到小房裏

睡了。這一睡就是六年。

二〇〇六年上半年，倪蕊和婆婆有了一次爭吵。

那一晚十點多鍾，倪蕊感覺很累，在輔導完孩子做完作業後，她破例打開了電視。

婆婆無聲無息走了過來。她拿了個拖把，一邊拖著狹小的客廳一邊冷冷地說，您怎麼還不睡覺啊，您怎麼今天有時間看電話啊，不做研究了？她又開始無緣無故諷刺倪蕊了。

倪蕊憤怒了。一般她是很少看電視的。她總是待在她的房間裏看書或寫東西。她知道她的這種舉動讓丈夫家裏人不舒服。現在她和他們一樣也來看電視，他們仍然不舒服。

倪蕊一憤怒，也開始攻擊了。她望著婆婆，你什麼意思啊？

婆婆穿著寬鬆的內褲，隨便坐著可以看見她的陰部。她從不擔心這個，從不擔心自己的兒子和孫子看見。現在倪蕊也看見了，她鄙夷地望著婆婆那個不知羞恥的地方，婆婆卻沒發現。她仍然鄙夷地說，我是怕你看見我拖地不好意思啊，所以提醒你去睡覺。

倪蕊這時失去理智，她只知道去攻擊讓她受傷的人，哪怕這是個她曾經以為很可憐的人。她憤怒地說：我有什麼不好意思的？你的親生兒子躺在床上，看見你拖地都沒有不好意思。

婆婆似乎打定注意要和倪蕊爭吵，她平靜地說，我的兒子，你還有臉提我的兒子，我的兒子不知道多怕你。

倪蕊一字一句：那麼，你叫你的兒子跟我離婚。

說完了這些話，倪蕊想，我是不是太過分了？如果是自己的母親，甚至如果只是一個陌生的老人，我會珍惜珍重她們。然而是丈夫的母親，我怎麼就不珍惜了呢？倪蕊暗暗責怪自己。我把婚姻的不幸遷怒於這個可憐的老人了，這是我的不對。

曾經不是這樣的。曾經倪蕊對婆婆很好，婆婆病了，倪蕊為她買無糖餅乾，幫她聯繫醫院，也代替她做飯。但是他們一家人忘了她的好，連倪蕊都快忘記了。和一個冷漠的丈夫待久了，怎麼自己也變冷漠了呢？我怎麼能這樣呢？幸好我現在意識到了！

當孩子不在的時候，倪蕊對丈夫的家人仿佛看不見一樣，就像他們也看不見自己一樣。當孩子在的時候，即使丈夫的家人看不見自己，倪蕊還是會禮貌地和他們說話。倪蕊知道，這樣的半分居生活，讓她成了一個演員了。既然成了一個演員，為什麼就不能專門演好人呢？看來她不是一個演技很好的演員。

爭吵過後，倪蕊知道婆婆會生氣地告訴她的兒子。她會讓她的兒子和她離婚的。倪蕊等著丈夫找自己談話。她是那樣盼著丈夫能夠主動找她談到他們的事。她不想再主動找丈夫談了。

她不知道夏曉兵會不會聽他母親的。如果他真的要和她離婚，她就離。事情到了無法挽回無法將就的地步，正好解脫。幾年前，倪蕊說過要離婚，因為孩子的問題不了了之。倪蕊不動聲色，她要看丈夫這一次會不會充耳不聞，一回到家裏就躺在床上。

5.

關於離婚，倪蕊剛結婚倒是有一次溫馨的經過。離婚也溫馨？是的，在他們身上，溫馨的時候極少。所以只要讓倪蕊心裏有一絲安慰的，即便是關於離婚，那也是值得回憶的。

那是剛結婚三個月，倪蕊懷孕三個月的時候，夏曉兵沒回家夜賊撬門驚醒了倪蕊。倪蕊又是開電視又是磨刀，終於把賊趕走。她撫摸著心跳加快的胸口對孩子說，對不起。凌晨三點，夏曉兵從牌桌上下來，倪蕊哭泣著說要離婚。

夏曉兵很累，他在倪蕊的哭泣中竟然睡著了。第二天，倪蕊打電話，夏曉兵從單位裏提早趕回家。

當夏曉兵提早從單位裏趕回，倪蕊心裏其實已經軟了一半。但她仍然生氣地說，我們離婚吧，我不能跟你繼續過下去了。

夏曉兵用他少有的真誠的眼神望著女人，說，孩子怎麼辦？倪蕊賭氣說，打掉。

夏曉兵不再說話，沈默良久。倪蕊想如果他今天沒個說法，她就打掉孩子。這孩子是個可憐的孩子，在母親原本最溫暖安全的肚子裏卻擔心受怕。也許經過先兆流產、經過驚嚇，孩子並不健康。

過了很久，夏曉兵說，對不起，我不會讓你和孩子再擔驚受怕了。

他們和好了。那時，夏曉兵還有真誠的眼神和道歉的聲音。再後來，就很難聽到看到這些了。

再之後的交流，都是倪蕊在夜裏主動要求的。她用了很多方法，激將的、動情的、迂迴的、直接的，都不成功。倪蕊想自己不是一個成功的談話者。她只是特別會哄哭鬧的孩子。她想如果自己用哄孩子的方法對付丈夫，也許他們之間會好一些。

二〇〇四年夏天，家裏只剩下夏曉兵和倪蕊。公公和婆婆帶著孩子去度假，他們故意把兩個人留在家裏，希望兩個人能趁這美好的時機改善關係。

倪蕊不想辜負兩位老人的好意，便想法改善她和夏曉兵的局面。她對躺在床上玩遊戲的夏曉兵說，你把長褲換下來，我幫你洗一洗。不知道是她的聲音讓夏曉兵聽著不順耳，還是她的表情讓丈夫看著不順眼，抑或是夏曉兵不想動，不想從他的遊戲中分身，他抬起頭但是不望倪蕊，他淡淡地說，不用了，我自己洗。

倪蕊看著夏曉兵懶而傲的樣子，強壓住怒火，耐心地說，我洗衣服，順便幫你洗一下。你洗，你怎麼洗呢？夏曉兵回答，你管呢。倪蕊依舊耐心，你一個人只有兩件衣服用洗衣機洗，很浪費水，你難道會用手洗嗎？你現在把褲子和外衣都脫下來，和我的衣服一起洗，不好嗎？夏曉兵依舊不動，傲慢地說，不用了。

每當這樣的時候，倪蕊越發覺得夏曉兵的身體肥胖了。她尖酸地想，難道是他身上的肉多了，把他的心擠小了？

倪蕊終於憤怒了：這真是個不知好歹的東西！跟這樣一個人說話，隨時都能點燃戰火。

她的臉紅了，低聲說，你真是不知好歹！然後轉身離開夏曉兵的屋子，回到自己的小屋，不管丈夫的吼叫。

夏曉兵覺得這樣很有意思。倪蕊知道他在報復，報復倪蕊和他分床。不，準確的說，他是在報復倪蕊不給他履行一個妻子的義務。倪蕊拒絕他的求歡，那麼他就拒絕她的好意以及任何的管教。

洗褲子事件，讓倪蕊對夏曉兵多了一層瞭解。這個男人，他是會報復自己的。但願他只是個淘氣的孩子。但卻不是。丈夫不是一個淘氣的孩子。淘氣的孩子，倪蕊有辦法讓他變得聽話可愛。而丈夫，只是一個可憐的固執的孩子。

倪蕊搖搖頭，歎氣，他這是何苦呢？歎完氣的女人，轉念一想，兩個本來最近的人，何必鬧這麼僵呢？

她再次返回丈夫的小屋，語氣平和地說，其實你沒必要那樣客氣。我給你洗褲子，舉手之勞。

丈夫從他那厚厚的眼鏡片後抬起眼，小小的眼射出凶光：你有完沒完？

倪蕊赫然想起丈夫砸向自己的遙控器，把自己撲倒在地的粗壯胳膊。

倪蕊再一次返回自己的小屋，她為自己，也為丈夫流下了眼淚。

6.

夏曉兵習慣了我的冷漠，就像習慣他對我的冷漠？倪蕊帶著這個問題，一夜無眠。

經過許多個無眠的夜，倪蕊終於睡著了，不再做夢。諸多的問題她放在心裏從容地思考。偶爾做夢，夢得最多的是她的孩子。

經過失眠，會有好夢。經過饑餓，會有好胃口。經過動盪，會有平靜。這不過是生命中一些必修課。

倪蕊在圖書館裏，接到了夏曉兵的電話。電話響了一聲就斷了，倪蕊的心裏竟然有一絲驚喜。

夏曉兵那麻木的神經終於開始清醒了。過了一會兒，夏曉兵的電話又打過來倪蕊這次接到了電話。她知道夏曉兵將要談到他們的事，但她還是問，什麼事？她希望夏曉兵能夠把他的問題說出來，而不是像以往那樣只是悶在心裏或寫在臉上，讓自己難受也讓身邊的人難受。

聽不出感情的夏曉兵用他一貫低而軟的聲音問：你在哪裏，有時間嗎？這個男人在吵架的時候聲音富有穿透力，別的時候想聽清他說什麼有點費勁。

倪蕊回答：我在圖書館，康康在你身邊嗎？

倪蕊之所以這樣問，是想避開孩子談兩個人的事。之前，夏曉兵不同意這樣。他覺得應該讓孩子知道。他氣憤地說，你以為孩子什麼都不懂嗎，你以為瞞得了孩子嗎。倪蕊跟他說不清楚，她不想因為他們之間的問題過早暴露使孩子受傷，於是也就沒有和丈夫談起他們的事，自然就沒有離婚。

夏曉兵在電話裏，平心靜氣地說我想和你談談我們的事。聽到丈夫說出這些話，倪蕊心裏又一陣驚喜，仿佛丈夫將要和她說起的是一件高興的事。丈夫能主動面對他和她之間的事，確實是少有。

好的，晚上等康康睡著了，我們再談好嗎？他同意了

很快到了夜晚，倪蕊洗了澡，打開了房門。

夏曉兵靠在門口，他沒有進來坐下。他輕聲地問倪蕊，我們之間的事你怎麼考慮的？

倪蕊知道他想問自己是去還是留。她忽然不知怎樣回答。

走？離開孩子，那她會受不了。留？怎麼留？她也不知道

夏曉兵又問，你覺得我們這樣有意思嗎？

夏曉兵的話忽然讓倪蕊流下淚水，沒意思。所以我才如此消瘦你知道嗎？

倪蕊又說，這一段時間我很忙，我每天要寫一些字。但是儘管如此，我每天上午都陪著孩子，並不像你母親說的那樣，整天在外面玩。我對你母親說了實情，但你母親依舊諷刺我，找我吵架。我只是認為，我們要趁年輕的時候做點什麼，你認為呢？

夏曉兵聽完了，歎了口氣，你的觀點我不同意。我們的基本觀點就不同，我們沒辦法在一起。

倪蕊沒想到男人這一次在她如此肺腑之言了還提出離婚。她覺得這個男人還在衝動之中。以前，是她的態度讓他衝動，現在，是他的母親讓他衝動，說出這樣的話。如果她也氣憤衝動就離婚，但是孩子，孩子怎麼辦？她現在連個住處都沒有，怎麼帶孩子呢？一想到孩子每天清晨將見不到自己，倪蕊就會心傷。

倪蕊忽然不想離婚，忽然留念起這種半分居的日子。雖然每天看見麻木和懶惰的丈夫令她生厭，但是這樣的生活，至少可以讓她的孩子每天同時擁有和看見父母。孩子擁有一個完整的家。並且，能讓她每天看見孩子，讓她感覺比什麼都快樂。至於幸福，這種半分居的生活禁錮了她的肉慾，卻讓她能夠保持自由的精神世界。

只是，公公婆婆受不了了。他們再也看不下去了。作為旁觀者，他們看著難受。

倪蕊想離婚是最終的結局，但是現在不能。她對夏曉兵說，這樣吧，我們再相處半年到一年，如果我們實在相處不好就辦手續。夏曉兵同意了。

從前那麼盼望和丈夫分開，如今就快要實現了，倪蕊卻並不輕鬆。難道我像一隻被久關在籠的小鳥兒，不想也不會再飛向藍天？

第十一章　你走來，我們再次相逢

1.

心上的枷鎖是消失了還是沉重了？倪蕊已經分不清了，她習慣了自己的混沌。倪蕊掙扎著告訴自己、勸慰自己。雖然有時她獲得了一種快樂和安然的力量。可是她知道，如果不解脫或者改善現狀，自己就會獨自一個人，走向蒼老和死亡。現在沒有別的法子作出決定，只有穩定現狀，對自己的婚姻作保守治療，不開刀只是用藥維繫。

倪蕊發覺自己是那樣一個矛盾體。自小以來害怕獨處卻又習慣心靈的孤獨的秉性一直追隨著，從未消失。她發覺自己漸漸習慣了這種與夏曉兵分床不分家的半分居生活。她的慾望漸漸少有，一個月真的也只是隨著排卵期而興奮一次。忍一忍或者臆想一下也竟然過得去。

妻子，丈夫，這是世上最溫暖的稱呼，於她和丈夫，沒有任何實質意義，而他們兩個竟然都漸漸習慣。再過五個月或者稍久一點的日子，就沒有那枷鎖般的身份了。倪蕊的心情卻沒有興奮。她發覺自己的心靈是自由而強大的，而身體是那樣的弱小。她的雙手無力，提不動重物。她是「電盲」，許多電器看了說明書竟然也還是不會用。生活中遇到難題不會解決竟然會急得大哭。發現自己現在還不能獨自生活的倪蕊看著夏曉兵，面對他冰冷和麻木的臉，忽然不再生氣和傷心了。她開始主動問候他。偶爾，他也能報以回應，不再沈默。

誰知道愛情會在這個時候悄然來臨呢？在她準備將半分居的愁苦和病痛視若常態之時來臨。愛情，帶著扭轉她病態人生姿態的責任而來。愛情，帶著微笑而來，帶著和風細雨、鳥語花香而來。愛情要把她的人整治健康，要讓她的生活走上正軌。

他這個人，就是之前他們筆會相逢，約會過，她猶豫不決而離開的高文。

倪蕊記得她和他重逢時的場景。她在學校領導的引見下見到了他。他目光溫和卻深深地看了她一眼。就這一眼，她竟然知道他將會喜歡她。她分明聽到了他砰砰的心跳聲。她發覺自己對愛情其實很自信，她一貫懷疑的只是不確定的愛情。他的眼神儘量平和。越是這樣的節制小心，越是表明他在珍惜和她的再次相逢。倪蕊冷靜地分析和他的再次見面，不覺得有什麼不妥。她覺得他們的相遇穿透了黑暗，經受了寒冬。她上次因為遲疑而冷凍他們的情愫，而今，解凍的就是他們之間相互珍惜和欣喜。就是這樣，事已至此，再不會遲疑。該遲疑的時候她不會勇敢，該勇敢的時候她不再遲疑。她不懷疑自己在自作多情或妄想。她吟味他深深看她的那一雙眼睛，還有他平常的那一句：倪蕊老師，認識你很高興！他強調了「認識」二字，別人不知，她清楚。他們之間，何止認識！

他這個人，將給予她最大的溫暖。而她，將付出最大的耐心和勇氣。這是一場從小心翼翼走向義無反顧的愛，卸下了精神的欄杆。也或許，她的忍耐到了限度。恰好，他出現。就像冬遇到了春。冬天可以一直一直地冷下去，冷到次年三月，四月，甚至五月，但它不能拒絕春天。

先前，倪蕊以為，像她這樣一個與丈夫分床多年而又正值盛年的年紀，愛上的會是一個比她年輕得多的很有活力的男孩子，給她愛的活力和熱情，讓她釋放多年壓抑的慾望。但不是這樣。半分居的生活，使倪蕊需要的還是一個智者的愛來啟迪她的心靈，她的身體，同樣需要愛來解救，但並不著急。

他的名字自然不叫高文，叫馮敏，高大、挺拔。企業家、博士、詩人。經營房地產、服飾、書店等多個項目。他熱愛教育、支持文藝創作，是幻城的名人。除了倪蕊，別的女人都知道的男人，四十多歲，看著卻像三十歲的樣子。她暗暗希望他老一點。為什麼會希望他老一點呢？倪蕊的心裏自有她與眾不同的想法。她暗想他老一點，性的衝動便少一點。那麼離她所希望的從心靈開始的愛情，就更近了。他臉部的線條剛毅，身材保持很好，頭髮厚而硬，讓人有摸一摸的衝動。他坐著，彷彿一座既秀麗又偉岸的山。望著他，倪蕊想起了姐妹們常說的話，好男人就要中看又中用，讓女人身心愉悅。憑感覺，他也是一個信愛又慎愛的人。倪蕊的心思翻滾著，儘量不露聲色。

學校領導特意安排倪蕊坐在他身邊。他也笑意濃濃地邀請她。倪蕊淺笑著說，坐就坐，你是屬龍的，又不是屬狼！說得大家哈哈大笑。他也笑了，開心地為倪蕊拖開了凳子。

以前倪蕊是厭惡酒的。夏曉兵每次喝了酒，散發出來的酒味令倪蕊反胃。所以倪蕊對酒沒有什麼好印象。不過此時，她倒是要感謝酒。酒能代表她對他的敬意和說不清的親切感。酒讓她的臉色微紅，仿佛桃花一樣。他看她的眼神格外憐惜。他附在她耳邊輕輕地問：你不要緊吧？校長趕緊說，倪蕊老師厲害得很呢，她是我們學校的才女，哪能不會喝酒呢？他聽了，依然笑著說，還是注意一下，不要喝醉了。校長又說，醉了也不要緊，有馮總送呢。倪蕊聽出來校長故意讓她和馮敏之間有一種曖昧，馮敏不是不知道，若在以前，他會一臉正色，以維護自己多年清清白白無緋聞的優良作風，但是此時，他也開心地接受眾人的玩笑，臉上寫著春風得意。他說，好好好，今天不醉不休，喝醉了我負責送。校長不領情，說，我們不要馮總送，馮總只負責送倪蕊老師。倪蕊的臉更紅了，她悄悄地看馮敏，竟然和他的目光碰了個正著。她低下頭，他卻說，我來敬我們的才女老師，希望才女老師能出更多的好作品。

坐在一個即將愛上的人在身邊，倪蕊覺得有一種引力，這種引力讓她忘記憂愁和悲傷，只覺得生活充滿幸福和美好。愛，果真勝過靈丹妙藥。

倪蕊把寫好的歌曲唱給馮敏聽。他聽了，高興地說，很好很好，這首作品在我們徵集的企業之歌是最有韻味的。修改一下，我叫人把音樂作出來。倪蕊幸福地低著頭緊張地紅了臉。他看見倪蕊緊張的模樣，寬容地笑了，眼角的紋路都在笑。他說，我要去開會了，有什麼事再聯繫我。說完，他握了倪蕊的手，把溫暖和力量留在倪蕊的手心。我不送你啊，他說。倪蕊說，好的，您忙吧，我走了。她怦然心動地走出了他的辦公室。倪蕊感到多年的努力終於有了回報，她寫的歌在馮敏的幫助下得到了本市音樂界的認可。很明顯，他在支持她。他是她生命中的貴人。他難道就是出現在倪蕊生命中的天使，他魔杖一揮，就會給倪蕊帶來幸福，帶走悲傷？

倪蕊想起自己曾經是多麼害怕蒼老啊。她覺得蒼老就是孤獨的開始。看見他，才發覺蒼老是那麼美好。他年輕一些的時候，她會遇見他嗎？她再走向蒼老的時候，有他的存在，多好啊。他會祝福她關照她。他們因為彼此的認識，再不懼怕蒼老了，孤獨再不會纏上了。馮敏用深邃的溫暖眼睛，消除了倪蕊的不安。

2.

倪蕊把修改過的歌又唱給馮敏聽，馮敏閉上眼睛很陶醉。當倪蕊唱完，他睜開眼睛，又笑出了皺紋，同時在眼睛裏出現了一絲羞澀。他為什麼要羞澀呢？倪蕊想，他一定想到了更多。他在想，如果和這個女人做點別的，是不是會更陶醉呢？倪蕊為自己的幻想也羞澀得臉紅了。她輕輕地笑了，這一抹笑沒有逃過馮敏的眼睛，他狡猾地用明知故問的眼神問倪蕊，你在想什麼？他雖然在問，其實眼睛裏在說，你不說我也知道。倪蕊紅著臉說，沒什麼。馮敏看著倪蕊的眼睛，走近她……忽然一個電話打進他的手機，倪蕊等他接聽了電話，說，我要走了，不然就會打擾博士老總的工作了。

馮敏開了一個玩笑：你不來打擾，誰來緩解我的精神壓力啊。你學過作曲嗎？

倪蕊低頭回答，沒學過。

他說，那你感覺不錯。

倪蕊心說，我這個人就是靠這該死的感覺活著。但她說出的是，謝謝馮總的誇獎。我會繼續努力的。

讓他們把歌曲做成音樂，我來安排。你等我的電話。

謝謝馮總。倪蕊說完，輕輕告辭。

倪蕊心裏的幸福在長大，一點點擠走憂鬱。她創作的本意只是傾訴，說說話而已。但是寫的歌曲受到了比較廣泛的關注，長篇小說也進展順利，讓她嘗到了快樂。這份快樂還是雙份的。回憶馮敏對她的關心和稱讚，她倍感甜蜜。至於他的眼神還有留在她手心裏的溫暖和男性的力量，那更是讓她顫慄。閉上眼睛回味，感覺眼前五彩斑斕。很好，馮敏因為多年自清自律的習慣，不會像其他的男人那樣赤裸裸地表達愛意。倪蕊可以和他慢慢地交往，慢慢地醞釀，就像釀酒一樣，時間越長，等待的甜蜜就越多，到最終喝的時候就會越香濃，純正。

倪蕊回憶自己第一次主動舉杯，主動敬酒。敬身邊可愛又可敬的男人——馮敏（她已經愛上了這個名字），也敬其他的人。她知道自己為什麼會端起酒杯。她還知道酒進入她的身體，會令她很不舒服，因為她是一個酒精過敏的人，但是她那時只能喝酒需要喝酒。她喝了一口白酒，辣，辣得血液沸騰。她終於知道為什麼有人那麼愛喝酒了，他們要血液沸騰、燃燒。

不愛的男人，即使天天裸體相對，也無法沸騰和燃燒自己的血液。將愛的人，即使一個眼神，她也會為之熱血沸騰。但她一定要弄清楚，愛和將愛的區別，不能被愛情衝昏頭腦。將愛只是一朵欲開的花朵，這花朵最終是美麗地開放還是遺憾地夭折，那是需要時間的。不能因為自己渴望愛情就等不及。

倪蕊知道自己的問題了。她把性和愛攪在一起了，這是讓她難受的根源。

瞧，很多人把性和愛分開，活得好快樂啊。

當然，也有一些人性和愛是統一的，這是真正幸福的人。

倪蕊堅持性和愛的統一，她不是故意要這樣，她這樣是因為她只能如此，沒有別的辦法。沒有愛，她性冷淡或者性無能。過去是，現在也是。

人和人之間，性是愛的產物，性由愛而生。讓那些快樂的人，把性和愛成功地剝離吧，讓他們過他們逍遙而快樂的日子吧，願上天保佑他們。

很久沒有依賴手指了，女人差不多忘卻身體的慾念了，心忙著甦醒，無暇顧及她那寂寞的身體。

當心甦醒，靠近愛情，身體開始遠離可惡的慾火。女人慢慢蛻去心靈上那千瘡百孔的衣服。

3.

愛情派來思念的使者，駐紮在心裏，於是還沒到達愛，心已被愛的滋味包圍。

每一秒

分別的時候，每一秒都太久，抬起頭，我也止不住淚流。
相聚的時候，每一秒都不夠，面對你，我總以為在夢裏頭。

別問愛來得是不是時候，因為思念一秒都不停留。
別怪愛來得不是時候，因為人生一秒都不能倒流。
日日夜夜我在期盼，期盼愛能堅持得更久。
分分秒秒我在祈禱，祈禱愛能朝前走。

月光下我願化作蝶兒，每一秒守在你窗口。
陽光下我要化作花兒，每一秒開放在你心口。
讓我們愛在每一秒吧，風雨中手牽手。讓我們愛在每一秒吧，歲月裏愛不休。
笑看人間沉浮，相伴人生盡頭。

這歌詞很直白。然而只有直白才能表達倪蕊心中的感受，她不要含糊不要委婉不要朦朧，那不夠力度不能表白。她激動地拿著《每一秒》去找馮敏。她就像一個羞澀而勤懇的小學生，只知道把愛情的作業交給老師，卻並沒有過多的說明。來之前，她發訊息，說她寫了一首通俗歌曲的歌詞，如果馮總有時間，她想請他指教一下。馮敏回信說，指教不敢當，欣賞倒是很願意。

倪蕊聽過馮敏在市裏的春節聯歡晚會上致辭並演唱歌曲。他的歌唱得很專業，屬於民族唱法。那次飯局，校長介紹他說，馮總是我們市裏的才子，不但文章寫得好，歌也唱得好。過去在大學裏可是獨唱演員呢。馮敏笑著說，好漢不提當年勇，那都是舊事了。校長忽然把頭轉向倪蕊說，馮總現在的風采不減當年，倪蕊老師有什麼問題可以近距離向馮總請教噢。說罷曖昧地眨眨眼。倪蕊聽了臉紅了，馮敏卻爽朗地笑了，一邊笑一邊說，好啊，歡迎倪蕊找我切磋。校長一聽，知道馮敏對倪蕊的印象很好，忙不失時機地舉杯敬馮敏和倪蕊：來來來，我敬我們市裏的才子和才女。這杯酒敬得更曖昧了，馮敏卻一端酒杯，說，為了能和咱們的才女喝酒，今天我就當一回才子吧。

倪蕊一邊走一邊思索，我為什麼要把《每一秒》的歌詞拿給馮敏看呢？是表白還是？算是吧，不管那麼多。如果是表白，那只是因為自己需要表白。這感情仿佛突發的洪水，不立即泄掉還不行。倪蕊不明白有的人，愛情剛一開始怎麼就有慾望了呢？

請問你找誰？值班的人問倪蕊。

找馮總。

有事嗎？有沒有預約？值班的人嚴肅地問。倪蕊看著他的表情，知道他的心裏還有一個問號，你和馮總是什麼關係？她知道他不敢把心裏的這個問題說出來。他可以對她不尊，但不敢對他們的老總不敬。如果有一天真有人這樣詢問她，她怎麼回答呢？等會要問一下他。

我和馮總預約好了。倪蕊淺笑著回答。

倪蕊在值班人眼裏的問號中，走向馮敏的辦公室

馮總……倪蕊輕輕呼喚，聲音小得連她自己都難聽見，馮敏卻立刻從文件面前抬起頭。

馮敏為倪蕊倒了一杯水，然後仔細地看著《每一秒》。他看了很久說，不錯不錯。不過，還可以再斟酌和昇華一下。多寫一些，到時開一個作品研討會，讓大家都來為你提意見。

倪蕊想，你真的打算讓大家都為這首詞提意見，你不怕這歌詞洩露了我和你之間的秘密了嗎？她看著馮敏，他一臉坦然。她也釋然了，洩露了又怎樣了呢？愛無畏無罪。她也坦然了，說，好的！她沒有看馮敏的眼睛。她怕她的眼睛告訴那雙眼睛，自己有多激動。

馮敏含笑看著倪蕊。這一眼，讓倪蕊心知肚明。她感到臉在發燒。她發覺自己最近總愛臉紅，比起以前那張又瘦又黃的臉，自己顯得有生氣了，臉時常是紅潤的。還有她的乳房，似乎也比以往飽滿。難道只是有了愛情的憧憬，自己就像一朵花兒，要張開花瓣？

如果有人問我和您什麼關係，我該怎樣回答？這個問題在倪蕊的心裏，想要鑽出來。但她忍住了，萬一他告訴她說他們是遠房親戚或者曾經的上下屬，不是她想要的「是朋友」這個答案，她的心裏也許會有失落。還是不要問了。

4.

二〇〇六年，倪蕊常常沉浸在歌詞的創作中。睡前寫、睡醒了寫，夢裏寫、醒了也寫。寫歌讓她快樂。這是一個拯救她靈魂的轉捩點，多年前她就想找到。而今，她找到了，出發了。堵塞的心路通了，春天要來臨，花兒怒放。愛情，真好。

尤其當她寫長篇敘事詩《遲開的花》，體味痛苦和悲傷之時，寫寫歌詞是愉悅的。那是一種安慰。

如果說寫詩在為自己做手術，那麼寫歌則是包紮傷口。

很快，倪蕊又寫了一首關於家鄉的讚歌。拿給馮敏看。他很滿意。

倪蕊決定繼續寫歌詞、寫詩，她還會寫小說，決不是一時心血來潮。她必須要為自己的心靈找到歸宿。她一再地告訴自己，孩子和寫作就是讓自己活下去的途徑，不要懷疑。現在有了愛情的憧憬，但那還只是憧憬，不能衝動地以為就是愛情。而且，即使是愛情，是她所要的愛情嗎？

夏康來到倪蕊的房間。他躺在她身旁，看她撒滿床的稿紙，問：媽媽，你在幹嘛？

倪蕊告訴孩子她在寫歌。她念給孩子聽：鳥兒歌唱藍天，花兒歌唱花園，我要歌唱幻城，美麗幻城我的家鄉……

好聽嗎？倪蕊問孩子。孩子響亮地回答，好聽！同時，他親吻了媽媽。

倪蕊認為自己不是一個很有天賦的人，所以她要執著，勤奮。寫家鄉的詞有兩版，這兩版足足花去她兩個月的工夫。

天道酬勤。倪蕊一首《歌唱幻城我家鄉》獲獎，另一首《桂花美》要參加市裏的春節聯歡晚會。她很開心。也許相比別的同齡的寫作者，她的收穫不值一提。她不跟別人相比，只跟自己比。如果不寫作，她的心靈將會乾枯、憂鬱、虛無，哪來的開心呢？對她而言，幸福難求，快樂卻常有。

除了教孩子做作業，除了給班上的孩子們上課，倪蕊在吃飯、上廁所、睡覺，甚至在開會時，都在想她的創作。她喜歡寫兒童歌曲，她慶幸自己寫的歌曲班裏的孩子們喜歡唱。她喜歡和孩子們在一起，他們是天生的藝術家。

倪蕊覺得如果現在她還有港灣，那就是孩子們給她的；如果現在她還需要避難，那也只有孩子們會收留她。

倪蕊夢見她的父親母親，他們又在一起了，卻沒有爭吵，他們一家歡笑著在夏夜裏乘涼。醒來她淚流滿面：好幸福，我還擁有如此幸福的夢！她連夜寫出了《愛》，並很快就寫好了曲子。

她忽然很想打馮敏的電話。但怎麼可能呢？她從未給他打過電話，他開會那麼多，萬一她的電話突然來了而他在講話，那他豈不是很尷尬？而他不接電話，她又會胡思亂想。所以她從不給他打電話，免得自尋煩惱，也免得給他添麻煩。然而此時，她真的很想給他打電話，她很想唱歌給他聽。她睡不著，很興奮，如果能夠在此時給他打電話，那麼他們的關係會有一個轉變，她發誓。然而不能。她連打他電話的勇氣都沒有。他的電話關了，她會失望；他的電話開著卻沒接，她會更失望。

倪蕊現在強烈希望能夠像她的歌裏寫的那樣，化作蝶兒，飛到他的窗口，聽他的呼吸。她為自己的不平靜的心情感到詫異。這是一個危險的信號。

5.

倪蕊陷入了奇怪的思索：

先前我感覺有一個隱身蛀蟲，把我的身心慢慢蛀空。而當愛情只是唱著前奏走來，這個蛀蟲就開始舉手投降。

一隻饑餓的雌螳螂，從一隻隻雄螳螂身邊無視地經過。她那麼挑剔而冷漠，直到遇見他，她的寶貝。他的肉那麼香醇，他的心和她的心靠得那麼近，他那麼地懂她。

當他請她大開胃口，吞下他的肉，他的骨頭他的體液，他的毛他的皮膚，他要完全融入她，知道她會造一個新的他。

他在她體內大笑。

倪蕊知道自己亂了方寸。她心裏想著的情人，不知倪蕊已為他牽腸掛肚，思緒萬千。他只是在見著她時想她喜歡她？別的時候他只顧忙碌，無暇顧及她。偶爾想起，他一定會很好地把這想法放在心裏，不會影響他吃飯、睡覺和走路。而她，不是的。但她在享受對他的思念，不覺得這份思念有多麼的難熬。越難熬越令她享受。這是愛的前奏，她必須接受。

倪蕊在他面前是學生，是一個內心浮想翩翩的學生。她那關於愛的幻想活了。於是，她把這些幻想化作歌詞和詩歌，將來還有小說，有的交給他，有的暫且不能交給他。終有一天，她會送一本書給他。但並不告訴他是為他或因他而寫，她知道聰明的他會感知，但她希望他裝作什麼也不知道最好。雖然她在為他受煎熬，但他們之間本質上還只是醞釀愛情的過程。於她，這過程過於急切。這都是因為她長期沒有異性之愛的原因。她明白這些所以要控制自己。

但倪蕊沒有把《螳螂之愛》遞給他。這種怪異的東西被他看見了她會臉紅。他們之間，談性還太早了。對她而言，性是愛的結局，不是開始。性只有作為結局才是厚重的，作為開始只是虛無。她不會改變。為此她要控制自己那蠢蠢欲動的身體。

最後一次商議離婚。夏曉兵還是和以前一樣，半天不理睬倪蕊。倪蕊心情不錯，耐著性子等著他。最後，他有了回應，不再像以前那樣發脾氣。

他還是不主動和她說話。這沒能影響她，她沉浸在自己的世界中，她擁有豐富的精神世界。

後來倪蕊發現打電話給丈夫比較合適談事情。發訊息是倪蕊喜歡的，但是夏曉兵從不回資訊。於是，只要有事，倪蕊就給夏曉兵打電話。他在電話裏煩躁她也不在乎。看不見他的人只聽聲音她不會生氣，因此能夠和夏曉兵說幾句話。

夏天的時候，夏曉兵還是穿著一個小小的褲頭，躺在床上玩電腦。倪蕊看著不再臉紅。

也許渴望性的人喜歡裸露，這裸露讓他的心理獲得一種平衡。倪蕊發現自己跟丈夫一樣。自己到夏天不喜歡穿睡衣，也是只喜歡穿個小褲頭。

倪蕊教他的孩子不要這樣。孩子總是穿戴整齊。孩子知道裸露很羞恥，他對倪蕊的裸體很注意。當她穿很少的衣物時，他會提醒母親不要在外人面前這樣——只能在他面前這樣。倪蕊同意了。

當倪蕊寫字看書的時候，小傢伙會關心地詢問：媽媽，你在寫什麼看什麼？每當這個時候，倪蕊就會詳細地告訴孩子。

這個世界對孤獨的我還是仁慈的，倪蕊想。因為孩子，因為愛，我的憂鬱症好多了。我很少對孩子發脾氣了。我不光不對我的孩子發脾氣，我也很少對其他的人發脾氣。我漸漸地能容忍，包括丈夫和公公、婆婆。

6.

僅僅是因為有了愛的感覺或者意向，倪蕊就覺得生活一下子明亮起來了。她不再對太陽視而不見，不再對月亮黯然神傷，不再對花兒緬懷過去，不再對蒼天欲哭無淚。她看見了清晨、看到了月夜、看到了綻放、看到了鏡子裏的笑臉。

她的心裏開始流淌、流淌希望。

希望是什麼？字典裏的解釋很清楚卻虛無，只有未來能夠實實在在地給予解釋，能夠在每一天每一小時每一秒解釋。這希望能夠看到、摸到、聞到，像太陽、像泥土、像花一樣。希望會告訴你，未來的日子裏，他會在有光亮的地方等著你，他不會把你引向黑暗。

倪蕊和夏康一起寫兒童歌曲，一起歌唱，很開心。孩子忍不住唱給他的父親聽，他的父親沒有表情地聽完，說，這唱的是什麼東西啊？

倪蕊終於鼓起勇氣在電話裏唱給馮敏聽了，馮敏大聲地笑了，像個可愛的孩子。

倪蕊和她的孩子寫的歌詞是這樣的：

森林裏呀開舞會呀，啦……好熱鬧呀，虎娃娃呀沒參加呀，啦……為什麼呀……

曾經，倪蕊整夜打牌，不管自己是多麼消瘦。輸錢也不覺得心疼，這比一個人待著要好過一點。家裏沈默和孤寂讓她窒息。那時，她的黑眼圈嚇人，令她不敢看鏡子裏的自己。她不認為那是在折磨自己。如果這是折磨，她認為好過一個人的孤獨。

打牌的時候，她和幾位女友說說笑笑。多少個週末和節日，就這樣度過。這些牌友和她相處時間久了，後來就真的成了好朋友。在工作中、生活中給了她很大幫助。

但是她不能和她們交心，心裏話不能對她們說。她不能告訴她們自己已與丈夫分床。當她們幸福神秘地談起她們的家庭生活甚至夫妻生活，倪蕊面不改色，保持平靜。

走過了這麼多迂迴的日子，經過這麼多自我封閉和修煉的日子，經過逃避和壓抑，還是回歸到一個字——愛。

是的，要有愛的空氣愛的陽光愛的白天和夜晚，要有愛的週末和節日，要有愛的牽掛愛的思念和關懷。

有愛相伴的日子，苦是甜。有愛相伴的日子，幸福寫不完。反之，淒涼寫不盡、訴不完。那是任何一個愛著的人無法想像的不幸和悲哀。

有愛的生活，沒有喜事也歡喜。沒愛的日子，沒有愁事都淒涼。

但是，愛在生長發育的時候，倪蕊並不想採摘，雖然她是那麼渴望。她知道提早採摘，哪怕把他抱在懷，轉眼他就會消失。因為採摘的是青澀的果實，為此她必須等待。也就是說，她思念的人，她還不會把他當作愛的美味享用，她還需要等待。

如果上帝真的眷顧我，讓我在獨居多年的天空又飄蕩起愛的旋律。那麼，即使我已經失去愛的能力，我也一定要勇敢地愛。倪蕊在心裏暗下決心。她的身體已經退化，她的月經早就不正常了，但是她認為自己會正常又健康起來。

只要紅紅的甜甜的成熟的愛情之果到來。

7.

你走來

你披著晨曦走來，葉兒綠了桃花紅了，春天我縱情歌唱。你踏著星光走來，雲兒醒了梔子花香了，夏天我舞步飛揚。

你牽著月亮走來，楓葉紅了果兒甜了，秋天我收穫希望。你捧著露珠走來，雪兒在夢裏了紅梅開了，冬天我放飛夢想。

從天而降的你走來呀，美好四季到來。從天而降的你走來呀，幸福的門打開。你走來呀你走來，我就告別陰霾。你走來呀你走來，我在花海天地開懷。

醒來的夜裏，寫著這些幸福、希望、美妙的歌詞。馮敏帶來的愛的氣息，扣擊著倪蕊的心靈。她的心靈於是發芽，這歌詞就是那些新葉，然後慢慢地，等待開花。

她記得自己多年前在醒來的夜裏的哭泣和煩躁。她曾經是那麼憂傷和失望，而今這種情緒從她身體裏隱退了。

倪蕊還記得自己曾癡迷於墮落的悲哀的性幻想和自我慰籍。那些幻想讓倪蕊在無人知曉的世界裏，飾演著小丑的角色。而那些自我的慰籍，在多少個黑夜裏，在隔壁房間丈夫的鼾聲中，刺激著摧毀著她瘦小的身體，讓她鮮血淋淋地快樂著，不知道痛楚。

那些鮮血看不見傷口，感覺不到疼痛，它們來自子宮，訴說著一個可憐的秘密。而今，這兩個惡魔從她的身體她的世界，悄悄隱退。

倪蕊看到自己的這些變化，並忠實地記錄下來。這是她的病例。

倪蕊看著丈夫的眼睛，它們暗淡無光，沒有方向。她知道丈夫的身體裏心裏也有魔鬼，因為他天天躺在床上。尤其當丈夫酒後躺在床上，無論誰經過，他都沒有感覺。

倪蕊望著丈夫仿佛死去的身體，心裏暗暗流淚。她打算拯救丈夫，雖然她沒有把握。

8.

倪蕊最近很少聯繫馮敏。她在享受和分析他帶給她的美好感覺，以及自己的變化。她不給他打電話，向他訴說思念。她也很少給他發訊息，向他傳遞愛意。不，這一切都不夠。她在心裏感激他，是他的及時出現讓她實現了自我蛻變。她的人生有方向了，她的身心逐漸健康，她擺脫了憂鬱、慾望這一對惡魔的干擾。她總想歌唱，只有歌唱才能表達她心中許多的愛。

倪蕊已經找到醫治自己的良藥，她要歌唱這良藥。她現在不要他成為她的什麼人，不要他成為生命中的一個角色。他存在於她的精神世界裏，是她的某種精神支柱。這種美妙的滋味能讓她盡情地幻想。她也希望他也這樣。這樣的關係也許能維持更久。心底的愛一定會長久於來自身體的愛。如果他願意，她願意他老的時候去看他，陪他說話。她也打算繼續寫歌，她要她的歌詞打動他，打動自己。

如果她的歌詞不能打動他，倪蕊會認為是她心底的愛不夠，而不是才情不夠。她堅信這一點。

當他對倪蕊說想和她合作寫歌，倪蕊大受鼓舞：真的，真的，我可以和您合作嗎？他笑著說，你不相信我嗎？大學裏我可是文藝骨幹，那時我和一個同學原創的歌曲在大學生才藝比賽中拿了金獎。倪蕊急紅了臉，說我不是這個意思。我只是太高興。我早就聽說馮總是個大才子。他笑了笑，輕聲說，我倆單獨在一起的時候，你叫我馮或敏吧。你現在就叫一聲。倪蕊臉紅了，輕聲呼喚，敏。要看著我的眼睛，他進一步要求。倪蕊心跳加速，緊張地望著他，他接下來還會有什麼別的要求？馮敏沈默了一會，似乎也在矛盾之中。令人心醉的時間短暫又漫長。馮敏忽然從夢中醒來，拍拍自己的頭，我現在事情太多了，壓力很大，唱歌寫歌倒是能調節情緒。這樣，你當第一作者，我當第二作者。那我們擊掌為定。倪蕊興沖沖地說。

一個大手掌緊緊貼著小手掌。倪蕊不能看他的眼睛。她只聽到他在耳邊輕輕地說，我現在感覺自己很年輕，你讓我想起愛情的滋味。

哦，那就讓我們的愛情從歌中開始。這是可愛的愛情，由心而生的最美妙的愛，有根的愛。這一段時間好奇怪啊，我展開了我激情的翅膀，飛向歌的海洋。這種愉悅和滿足是我從未有過的。歌是什麼，對我而言，那是我的理想國，那是我的藍天白雲。倪蕊的思緒輕快地飄飛，她覺得她的人都快飛起來了。這比起性愛，更讓她快樂，讓她回味。這種快樂能夠表達。多好啊。

憂傷或不憂傷的時候，倪蕊獨自一個人走在雨中或雪地裏，並不孤單。孤單單一個人也不可怕，她正好寫詩。在那些成雙成對的目光裏，在那些同情或鄙夷的目光裏，她快速或緩慢地走過。

倪蕊的左腦在現實世界裏，右腦在夢幻世界裏。

9.

倪蕊的公公又在蒸肥肉，婆婆不再阻止。無法阻止，就由他去吧。可憐的婆婆，在她的丈夫日漸膨脹的肚子面前，只能把擔心和厭惡壓在心底。

公公從不擔心自己的肚子會爆炸。每當望著這個老人，倪蕊就想起她的父親。她終於知道自己的父親原來是個體面的人。而她的父親卻常常因為穿著被她母親指責，窩囊！在父親活著的時候，倪蕊在心裏還常常應和母親，埋怨父親穿著窩囊——那是多麼傷父親的心啊。

而公公，卻不是窩囊那麼簡單，他在糟蹋自己不多的生命，仔細看看，再想想，這世上，很多人在浪費自己的生命。

因此公公和婆婆和諧了，不再吵架了。婆婆不再管著公公，她由著他吃，並且不運動。

婆婆也很少管夏曉兵。夏曉兵在他的房間裏，一睡一整天，不說話，不運動。夏天的時候，他的褲頭緊緊的小小的，他的母親看了也像沒看見。倪蕊記得自己給他買過大褲頭，他不愛穿。

夏曉兵對自己的生活方式感到很舒服，誰看不順眼他就跟誰鬧。他的母親不看他。也只有他那分床的妻子，常常同情地望望他。他卻從未看到她那關心的眼神。

如果想聽夏曉兵說話，還是只有兩種方式，灌醉他或讓他發怒。

倪蕊還是和以往一樣，除了帶孩子，其餘時間待在自己房間裏，看書，寫歌寫詩。她總是要關上房門。關上房門她才安心，才寫得出字。

有的時候，關上了房門，她也寫不出任何字。那是在家裏人惹得她發火以後，也可以說是她惹得家裏人發火——他們看不慣她關起房門。

於是，倪蕊為了維護自己心靈的自由，就去圖書館。

第十二章 你最重要

由心而生的愛，是有根的愛，暴風雨來臨之前，不會倒。

1.

倪蕊想一點點修復自己和丈夫的處境，哪怕修復到朋友的境界。於是開始頻繁給丈夫打電話，像其他妻子一樣，一點點小事也跟他商量。跟他面談，她不能保證自己能做到。夏曉兵能夠讓人跟她說話的好心情剎那間消失。他的眼神和語氣以及自以為是的傲慢，讓倪蕊跟他的談話不能進行下去。電話倒是一個不錯的工具。她不用看他的臉色。而且他接電話時在外面，即使不耐煩也不至於像在家裏那樣兇狠。

想不到這個男人，天知道他是怎樣的。他接到倪蕊的電話，依舊不耐煩。常常不等倪蕊把話說完，就把電話掛斷。這個男人，總也改不了對妻子無禮的態度。他對報復妻子習以為常。倪蕊不再感到悲哀。她一悲哀便又會不理睬夏曉兵。她努力使自己不計較夏曉兵的態度。幾年前發生這樣的事，倪蕊和他大吵，他覺得莫名其妙，不認為自己有什麼不妥。他強詞奪理卻並不認為自己在強詞奪理。這個男人不知道反省自己。既然不知道，那就不為過吧。

倪蕊注意到夏曉兵從不照鏡子，實在要照就遠遠地照。

他對鏡子中的自己也是那樣一副冷漠的神情。

倪蕊的朋友、愛人——筆，以前只要寫到關於丈夫的文字，就會噴火或流淚。它知道女人壓抑自己好辛苦。於是它獨自面對女人時，替女人傾訴。倪蕊意識到這個情形，淡淡一笑，於是那支筆就緩緩地行走。

有一首歌這樣唱到，生命給我什麼，我就享受什麼，的確如此。

倪蕊用這句歌詞勉勵自己，把自己關在五平米的房間裏。由最開始的常常哭泣到如今常常微笑，筆見證了她的蛻變歷程。

偶爾上網，陌生人和倪蕊打招呼，虛擬的熱情一觸而過。想找人說話的時候就來這裏，老是自言自語有時也覺得無聊。

那是個聊過幾次的老鄉，一品屋。他是個文字工作者，倪蕊暗暗以為她也許會和他（她）有共通之處。

他向一品屋打了招呼。他回覆說，好久不見，一直可好？這話讓倪蕊感到一絲溫暖。她便回覆：還活著啊，你呢？

他不回答她的問題，卻發來一句：我在你的城市裏，我們見見？

正好倪蕊心情不錯，就說，好啊。

他發來一個笑臉一句話，那你今晚可以陪我一整夜嗎？

倪蕊呆住了，心涼了，又是一個喜歡無愛之性的人。她回覆：一夜情真的那麼有意思嗎？我老了，不是你一夜情的理想對象。

她把一品屋徹底刪除。

倪蕊不再上網聊天。沒意思，騙來騙去，沒有真話，即使說了真話，也被當作謊言。也許那裏也有友情、愛情。只是她沒有遇到。她冷靜卻不絕望。

夏曉兵一如既往地漠視倪蕊，不跟她說話，也不跟她打電話。他甚至把這種漠視給了他們的兒子。當倪蕊帶著兒子去旅遊，他從不問候一句，連孩子也不問候一句，甚至連火車晚點了也不問候。

當同去的人對此感到懷疑和氣憤時，倪蕊平靜地抱著孩子，平靜地回答：孩子的父親發來了訊息。

回到家，倪蕊儘量地控制住情緒，不讓自己流露出一點點的失望和生氣。她平靜地問：

孩子出去十天，那麼遠的地方，你一點也不擔心嗎？她沒問：你一點也不想他嗎？同樣的問題不一樣的問法，會激怒他，導致戰火。

她不想他當著孩子的面失去理智。

夏曉兵冷冷地回答，有什麼好擔心的？他在床上躺著，很窩火地樣子，他窩火是因為身上的慾火又上來了但是他還沒來得及處理就被倪蕊進來打斷了。那是週六上午九點。

2.

夏曉兵主動與倪蕊談離婚的時候說，我們這樣沒什麼意思，我們要談談手續問題。倪蕊看著他，平靜地說，好啊，你怎麼想的，我聽著。

夏曉兵說，如果你不要兒子，我就要。

倪蕊多麼希望，這個男人和自己爭著要孩子啊！這樣她會對他感到一些欣慰。並不是她不要他才要。當然，她不會不要孩子的，沒有孩子會要了她的命，會讓她失去活下去的動力和希望。然而她卻沒能力。不能獨自撫養孩子那就只有繼續這種半分居生活。這種生活至少能夠使兩個人能夠共同撫養孩子。也許將來的情況會改善。

倪蕊還得讓孩子愛他這個冷漠、自私的父親，她不會像自己的母親一樣，教孩子漠視父親。因為，是父親給了孩子生命。

僅僅因為這個唯一的一個理由，孩子就應該對父親感激。如果有一天倪蕊真的不能忍受這種半分居的生活，想死掉，她就離開家離開故鄉。或許會帶上孩子，她是多麼愛孩子啊。但是這種情況隨著倪蕊習慣半分居的力量的增加，發生的幾率很小。

本來是約定五個月，五個月之後就決定是否離婚。看樣子又會延長。

倪蕊的心情很好，得益於自已日益堅強樂觀的心，也得益於與馮敏的相識。光是對馮敏的鼓勵的回味，就令她開懷不已。這種快樂蔓延，蔓延到她的日常生活之中。在她處理家裏的事情時，態度也格外的溫和。還有黑夜，她的睡眠很好，夢很溫馨。

馮敏給倪蕊發信息，溫馨、浪漫，倪蕊捨不得刪掉。不刪掉也不用害怕。因為夏曉兵也不會察看。

馮敏的訊息都是他原創的，很有才情。倪蕊有一次將他發給她的訊息轉發給她的同事，同事們又相互轉發，到最後又回到了他的手機。

馮敏稱呼倪蕊：搭檔……最近寫了什麼歌詞嗎？這讓她感激和感動，心中受到了很大的鼓舞。來自心儀男人的鼓勵和欣賞，是一種愛意的表達。心靈的愛，讓倪蕊滿足和放心。如果馮敏在這時提出要見面，像其他的男人那樣說要和她做愛，她一定會離去。

3.

生命缺少什麼，就嚮往什麼。生命體會什麼，卻又習慣什麼。這是多麼的矛盾啊。比如生命缺少愛，就嚮往愛。生命久浸不愛，卻又習慣不愛。

倪蕊從小孤單。有了孩子，感覺越來越好，孤單一點點遠去。童年她不受母親和哥哥的喜歡，常常一個人。少女時代到整個青年時代，守著承諾，等著遠方的人，半年見一次，等待四年最後得到了背叛。那時追求完美的愛情，不肯原諒男友。如果是現在，她會原諒嗎？倪蕊笑著問自己。現在離愛情遠了，就學會了寬容愛情。婚後幾年，倪蕊與丈夫分床到現在。她居然能忍受這種半分居生活長達七年。難道我習慣忍受不愛，卻不是愛的不完美？倪蕊又一次問自己。

越孤獨，就越想得到愛，越想得到愛，就越孤獨。她決定寬容愛的孤獨。

將會有一場愛情來到，倪蕊已經在心裏聽到了他由遠而近的步伐。不是由於她的召喚，而是由於雙方的渴望和感應。如果愛情來到，倪蕊會真誠地擁抱，不問他怎麼現在才來。哪怕他只是因為同情而來，她都不會懷疑。一個因同情就走近你的人，這感情本身就超越了同情。如果一個人從來沒有對你表示同情，你的憂傷和卑微他不心痛，那麼你別指望他會愛上你。

像我這樣的女人，年輕不再，略有姿色和才情，有多少值得愛慕和閃耀的地方呢？所以，愛我的人，一定是比我自己更同情和心疼我。像我現在年老而慈祥的母親一樣，如果誰像你的父母親一樣，把你當作他的生命一樣愛。那麼他會永遠把你當作寶貝，一直到老，哪怕他從來沒有這樣稱呼你。

倪蕊的丈夫，在她和他保持夫妻之名的九年裏，從沒有同情和憐惜過她。在她懷孕時沒有，在她做手術沒有，在她哭泣時沒有。不但如此，他總認為她小題大做莫名其妙。任何時候她和他爭執，他的嗓門比她大，他比她感到委屈和有理。於是她只有不與他理論，當然也不再和他吵架。

倪蕊和夏曉兵的生活，他們所經受的一切，苦難？是苦難嗎？曾經她認為是的。特別是夜晚他們獨自睡覺時。她經受的是心靈的孤獨，他忍受的是肉體的折磨。好在倪蕊能夠幻想和寫作，倒是減輕了心靈的很多孤獨。也好在夏曉兵人懶，不太喜歡動，因此慾望也不多。再加上他的朋友都是喜歡夜生活的人，因此他的慾望倒是能夠解決。極少的情況他和她同床時，她很擔心他的健康狀況，怕他有髒病。後來發現他沒有。看來他還是很注意性的衛生。

兩個人的性格特點，是能夠使他們的半分居生活得以持續七年之久的原因。什麼時候倪蕊從幻想和理想的快樂中醒過來，而他告別懶惰，告別思維和語言以及肢體的懶惰，能夠說說話，不依戀床和麻將，他們就會過上和別的夫妻一樣的婚姻生活。

這些年，陪伴倪蕊的是書、音樂、詩歌、小說和她最親愛的孩子。她覺得陪伴自己的東西倒是挺多的。還有最關鍵的，就是倪蕊享受在追求愛情頌揚愛情。她曾以為是回憶給於自己力量。其實不是。

回憶是需要兩個人共同澆灌的花。一個人獨自回憶，只會讓回憶的花兒凋謝在回憶中，最後連殘骸都找不到。

愛的信仰，讓她孤獨，卻讓她堅強樂觀，也許最終使她成為一名作家。她堅信。她不會因此變成妖怪。

4.

別用充滿愛意的眼神看著我，別說甜蜜的話語，那只會讓我的內心似火燒，沸騰，讓我夜不成寐。倪蕊不知道拿自己怎麼辦，當她突然從夢中驚醒，愛的細胞甦醒了蠢蠢欲動。她開始失眠。倪蕊從前也經常失眠，那是為沒有愛而失眠。兩種情形是有區別的，為愛失眠，血是熱的。

倪蕊知道，再過些時日，愛情會真的到來，會重裝而來。現在他們只是相互思念。對此她很相信。她的思念不會無緣無故，是為感受對方無言的思念，就是如此。沒有質疑，沒有以前的猶豫。

倪蕊等待著，那即將出殼的小鳥兒，翅膀豐滿、美麗，飛過那漫漫沙漠，飛向嚮往的地方。

在這寂靜的夜裏，一朵夜來香，悄悄地綻放。如果親愛的他睡夢中聞到一股幽香，那是她向他唱。醒來吧、醒來吧，思念的人。只要他在這美妙的夜裏看到她的身影，聽到她的歌唱，她就會徹底還原成人的模樣，不會再變成妖怪。

從前失愛的病痛會逐漸解除。

也許，那些對愛死心的人，會過得快樂一些。

倪蕊認識有些女人，孤單單的，走在風雨中或月光下，只要打打麻將或吃頓好飯菜，她們的皺紋裏就會笑開花。對於愛情或者體貼溫情，不再追尋。愛不來、愛沒有，她們便漠視它，把它當敵人。愛情來了，她們只把它當寵物，充分享受

倪蕊並不羨慕那些對愛死心的快樂的人。要讓她羨慕這樣的人，她做不到。她成不了她們，她只能祝福她們。

無論愛情來不來，無論愛情是否惠顧與她，她都把愛情當作聖潔的天使。哪怕是分床。

一九九八年，到現在二〇〇七年。除了最初的兩年兩個人同眠，其他七年都是分床而睡。這些年裏，孤獨和寂寞，身心的雙重壓抑，都不能泯滅她心中對愛情的美妙憧憬。她心

中堅守著，堅守著。

不能縱容身體的慾望。沒有愛的兩個人，哪怕是夫妻，為什麼一定要做愛？為什麼不能等到有愛了再進行？為什麼要強迫自己？

當身體需要時緊緊貼在一起，分開之後卻又互相厭惡，這對身體是極大的侮辱。

一個倪蕊敬重的大姐，對她說，我這麼大年紀了，每每望著身邊的老伴，總是會疑惑，我就和他在一起，過了一輩子了？常常她會望著老伴，無端端流淚。而她的老伴，在她流淚時正對付一碗紅燒肉。她說，相比她而言，她的老伴寧願花更多時間研究紅燒肉。雖然歎息著，她還是與她的老伴出雙成對。於是，他們是五好模範家庭。

另一個幾乎被倪蕊學校同事的唾沫淹沒的小妹，她總是無所謂大家的鄙視和漫罵，在家裏和丈夫打鬧、傷痕累累，在外面情人不斷。最後，從單位不辭而別。離開了她那可愛的孩子和可恨的丈夫。她說，我寧願死也不能再和他在一起了。她走了，異地漂泊。

用認真和受苦的態度偽裝愛情，愛神竟然會給予補償。用隨便和享受的態度追求愛情，愛情卻不露面。

5.

倪蕊的同事們，傳言倪蕊過得很不幸。當好心的人告訴倪蕊這樣的傳言時，倪蕊笑著不回答。她只是在心裏問自己：我很不幸嗎？我無非是缺少性。在我的心裏，愛情從未離去。這怎麼是不幸呢？

也許我是不幸，但我不會整天愁眉苦臉。單位裏的女人，不明白她面對她們的流言甚至誹謗時。怎麼可以那麼平靜。

即使我真的不幸，我也一定要笑得燦爛。倪蕊對鏡子裏的自己說。

她們就是這樣，閉口不談自己家裏的事，自己的老公在外找妓女，她們閉口不談，假裝不知，又不能真正地寬容，於是性情大變，開始津津樂道別人的情變和不幸。達到平衡心理的目的。她們攻擊和漫罵別人，口水四濺，嘴臉歪邪。她們憤恨地譏笑別人，可憐啊！

在倪蕊工作的地方，她更喜歡和孩子們一起。她喜歡和他們說話，他們是那麼真實、美麗。連謊言都那麼可貴。他們想哭就哭、想笑就笑，他們喜歡你，就會遠遠地隔著房子隔著汽車呼喚你，仿佛這世界就只要他和你兩個人。

有的孩子看見倪蕊就羞澀一笑，那羞澀的笑是家長們所不能理解的。他們認為孩子對老師不禮貌。倪蕊卻知道羞澀的孩子那嘴角的一笑，也是發自內心的喜愛。她暗暗地在心裏收藏著所有孩子的表情。有的孩子好動，有的孩子好吃，有的孩子喜歡畫畫，有的孩子喜歡唱歌跳舞。他們的生活繽紛色彩。

秋天的清晨，有的孩子會在你面前秀他那可愛的內衣，比如一個有著可愛圖案的小褲衩。有的孩子不甘示弱，就把漂亮的襪子給你看。這些可愛的小舉動，只有真正喜歡孩子並得到孩子們喜歡的老師才能看到。

孩子們會和花兒、鳥兒說話，給它們唱歌，孩子們會追尋一隻小螞蟻，忘記了吃飯。他們對美好事物的執著，深深感染了倪蕊。

孩子們的眼睛最明亮，仿佛太陽照亮這世界。孩子們的夢想最神奇，仿佛天使帶給世界美好未來。

6.

你最重要。

不知道是不是前生註定，只知道這不重要。不知道是不是很艱難，只知道這不重要。

不知道愛會不會很累，只知道這不重要。不知道愛會不會很沉，只知道這不重要。

擁有你我就能呼吸，這個感覺很重要。請你夜夜入夢，這個願望很重要。

路有多長情有多長，這愛的誓言很重要。讓守侯把時間征服，這愛的癡狂很重要。

哦，情人，只要我們相約，一起奔忙到老，這比什麼都重要。哦，情人，只要我們相守，一起攙扶到老，這樣的日子最逍遙。

哦，情人，什麼都不重要，只有你最重要，只有你最重要。

穿過幾座房子和一些奔馳著汽車的馬路，倪蕊在陽光的照射下，走向她心裏呼喚的人。她要把歌詞《你最重要》念給他聽。

馮敏認真地聽完，高興地笑了，剛毅的臉上竟然笑出了皺紋。他的皺紋很又力度，刀刻一般。他激動地說，我沒看錯吧，我說我沒看錯吧，你就是個小才女。

倪蕊笑著說，你的眼力怎麼會有錯呢？怎麼樣，你給潤潤色？

好，你放這裏，我好好看一下。對了，你寫一首歌詞，我們春晚差一首獨唱歌曲。歌曲要歌頌牛郎織女的美好愛情。要以現代的眼光和感受寫。

真的嗎？讓我寫？倪蕊興奮地問。

是的，我不是照顧你才讓你寫的，你不要得意。你要好好寫。當然不要有壓力，想怎麼寫就怎麼寫，不要落入俗套。

倪蕊感激地望著馮敏。這個人，此地無銀三百兩，明明在照顧我卻矢口否認，不過我會讓你看看，你對我的照顧是值得的。

倪蕊孩子氣地表態：我一定好好寫，不辜負你的……期望。她本想說厚愛，又不好意思，就改口了。

愛情讓倪蕊變成了一個孩子。她記得以前自己是個怨婦。而現在，卻越來越像個孩子了。說話像，走路像，穿的衣服也像。她最愛穿的是一層層的蛋糕服，那衣服讓她瘦小的身體顯得可愛，豐滿一點。孩子們喜歡，馮敏嘴裏雖沒說喜歡，但他的眼睛也說了喜歡。

愛情是個天使，他神杖一揮，讓有愛的人也變成天使。

馮敏讓倪蕊把歌詞打在他的電腦裏，他要好好修改。

倪蕊靜靜地幸福地在他的鍵盤上敲打著因為他而產生的歌詞。這首詞是為他寫的，他知道嗎？這不重要。重要的是他說好，他將促成這些歌詞變成美妙的歌。

倪蕊很快把歌詞打完。馮敏守在她身旁，默默地抽煙，煙霧溫柔地纏繞著她和他。

倪蕊起身告辭。她不會在他身旁待很久，她寧願回去思念，也寧願給他回味。

他們緩慢地走在初夏的午後。陽光灑在她的頭髮上，很溫暖。馮敏濃密的黑髮閃著光。他說，我下次要為你準備一把傘。倪蕊笑了，那你敢和我合打一把傘嗎？你不怕上報紙頭條啊？

馮敏楞住了，他沒想到倪蕊忽然冒出這句話，他笑著說，調皮鬼！說完深深地迅速看了一眼倪蕊。正在這時，他的司機開車過來，他揮揮手說，以後你儘管大膽寫，有什麼困難再來找我。

馮敏的司機也對倪蕊客氣地揮手。他對老總的這位客人並不在意。當他看到倪蕊的文章以及老總多次接見她，便也開始對倪蕊有了敬意。只是這敬意有虛假的成分。他認為倪蕊是靠自己的女性魅力博得老總的好感。他認為老總是鬼迷了心竅，才喜歡她這樣的女人。

倪蕊心知肚明，她暗下決心，現在你們可以低頭看我，終有一天，你們會抬頭看我。

再見，馮總。

再見，倪老師。

平常的道別蘊涵著不平常的情誼。

倪蕊腳步輕盈，回單位的途中，仿佛飛一樣。她飛過幾座房子和一些奔馳的汽車。

7.

倪蕊剛回到孩子們身邊，孩子們像簇擁公主一樣，圍著她。不管倪蕊是否穿著漂亮衣服，不管她臉色是否好。他們總是會說，老師，你今天好漂亮啊。

每天，孩子們都對倪蕊說他們喜歡她。

在愛的藝術上，成人遠遠不及孩子們。

倪蕊知道自己之所以白天能夠笑得那樣開心，還能夠寫歌，即使在頭天夜裏深深哭泣過，可是白天她會帶給孩子們快樂地唱歌和舞蹈，那都是因為有一些天使在愛著她。

意料之中也是意料之外，馮敏給她發來了資訊。他說，小蕊，我喜歡你！我對你有衝動。

這條信息的前兩句是她朝思夢想的。最後一句讓她不順眼，甚至在心中不滿：衝動？我這樣的女人竟會讓一個男人首先衝動？他到底懷著怎樣的目的鼓勵我，走近我？他難道和別的一般的男人一樣，我引起了他的衝動，性的渴望？

倪蕊一直認為自己是一個先讓人心動的女人。而馮敏竟然如此評價她，她要好好考慮兩個人的關係了。

倪蕊生氣了，沒有回覆。

生氣了，小蕊？怎麼不回信呢？馮敏又發來一條信息。他在無比忙碌之時悄悄給她發信，讓她有一些感動。他給她的稱呼她也很喜歡。她的名字給別人呼喚時，她從未有過美好的感受，除了他。

我真的喜歡你！我是直性子，喜歡就說出來，我喜歡一個人很不容易。你不願意就算了，我收回訊息。放心，我會保持平常心對你。

馮敏把資訊發過來，見倪蕊沒有回覆，便又打電話過來，他一改往日的沉穩，急促地說，怎麼啦，小……小倪？

聽著馮敏困難地把她的稱呼換作普通的方式，倪蕊流下了眼淚。

沒有，我沒有生氣。你喜歡我，是我夢寐以求的。我只是想不通，像我這樣的女人，並不吸引人，你不該為我感到衝動啊，我多麼希望你是為我心動啊！倪蕊沒有說，我並不性感，如果你以為不付出愛，就可以和我享受美妙的性生活就大錯特錯了！

不，你說錯了。先是你的樣子，你那清秀的有一股特別的堅忍和樂觀的樣子，讓我一見就有好感，然後是你的才氣讓我心頭蕩漾。我壓抑了很久，一直沒有說出感受。今天喝酒了，實在忍不住了。我體會到，一個人，沒有愛情是悲哀的，讓愛爛在心裏卻更加悲哀。

可是，我不喜歡你用「衝動」形容你對我的感受。倪蕊終於忍不住，說出了她的不快。

馮敏一聽，哈哈笑了：你真是個可愛的孩子啊。有時候你像個充滿智慧的哲人，有時候卻像個單純的孩子。不過，這就是我為你萌發愛的衝動的原因啊。愛，難道不是止不住的衝動嗎？

倪蕊無言，愛就是不止的衝動。她是知道的。

8.

因為愛，秘密花園才會潮濕芬芳。因為愛，愛情之劍才會一次次英武揚起。之前，倪蕊總是期盼情在先開路，性在後壓軸的理想愛情模式。現在她開始懷疑了，在愛情的道路上，情和性是左臂右膀，不可分割嗎？就算懷疑，倪蕊也還是會堅持她從前的想法。無論怎樣，愛情不能從性愛開始。愛沒來，不停地做愛也不會快樂。有愛，不做愛也幸福無比。

第十三章　告別過去的自己

1.

相對於享受已愛的結果，倪蕊更喜歡的是將愛的過程。她像一個種花人，心醉的是等待開花的過程。當花完全開放，她不是不開心，但那時就會有人一起來分享，並且會惆悵凋謝，唯有等愛的過程專屬於她自己。而現在，她等不及期盼。她要把企盼開花的過程儘量縮短。她不能從容地思索，思索她思念的人是不是也愛她，或者有多愛她。

對方的愛也許只是一粒種子，剛剛播種在他的心裏。

倪蕊不是的，她的愛已經變成要開成一朵碩大的花了。她能感受花開的芳香和伸展的力度已經彌漫在她的黑夜。

她長久不愛的心，就是愛的溫床，一旦愛來臨，會讓它瞬間長大，勢頭洶湧。

她不斷湧現的歌詞和詩就是證明。

除了愛的傾訴，心頭關於愛的頓悟也一併甦醒，變成詩句。她越思索越省悟就越是不能看透愛情，離愛那麼近卻不知怎麼，抓不住。愛快點奔跑而來吧。

那些詩句，變成倪蕊的白日夢。她靜默成一個最簡單的植物，因為感恩對四季奉獻最多最徹底的，是愛。

把相思樹，放在暴雨中。暴雨沖走了相思的花和葉，相思的根卻頑強的留下。這相思的根啊，生長在心與血液合成的土壤裏，開出鮮豔的花，漫天飛。

把相思樹，丟在風雪中，風雪覆蓋了相思的手和腳，相思的靈魂卻倔強地回家。這相思的靈魂啊，明明像魔鬼一樣讓人痛苦，卻讓人像愛天使一樣的，愛著他。

只要相思還剩下根，只要相思還留下靈魂，我就會日夜兼程。愛，就是我放不下的使命。愛，就是我唯一幸福的使命。

當倪蕊把新作的歌詞和詩歌都交給馮敏。馮敏驚喜地笑了。他說，我喜歡《桂花美》！有美好向上的力量。這首歌就是我想要的春晚歌曲！《牛郎織女》是該換一換方式唱了。幻城人民馬上會聽到自己的市歌。那首用痛楚寫成相思的詩，讓人有一種揪心的疼。忘記這些疼吧，別讓心浸在疼痛中。我理解和體會的相思，是甜蜜的。即使思念也是甜蜜的，你不這樣認為嗎？他的眼睛深情依依。

倪蕊想說，不是的。那只是你的感受。當愛情只剩下相思，那是悲哀的。最後，連相思都會被風乾。當馮敏溫情的目光望著倪蕊，她剎那間忘記了心中的語言。她是來討論愛情的問題的。她不能還沒說出自己的想法就讓心由著他的思維跑，可她管不住自己。她愉快地點點頭，是的，當愛面對面時，那是甜蜜的。

那麼，現在你感到甜蜜嗎？馮敏忽然坐在倪蕊身旁，溫情地問她。

她緊張地笑而不語。馮敏喃喃地說，我想抱你。

2.

馮敏把倪蕊抱在他的懷裏。他溫熱的手撫在她的背上，她那穿了衣服的背。他沒有把手伸進她的衣服裏面。這讓倪蕊感到放心。

馮敏說，抱著你，就像抱著一塊玉。

依偎在他的懷裏，倪蕊輕輕地抱著他的腰。她願意就這樣抱著他，這樣靜靜地抱著他。只是抱著，就無比地幸福。

她也奇怪自己會如此安靜，她以為她會瘋狂。她以為她會變成大海，吞沒思念的他。

在愛情面前，欲念只能甘拜下風。

多年以來，倪蕊習慣在孤獨和冷漠中作詩。當幸福來臨，她發現自己詩的語言多麼蒼白啊。

那可憐的丈夫。倪蕊又一次想起了丈夫，從未想過用擁抱溫暖一個女人。倪蕊記得丈夫的身體是很熱的，在寒冷的冬季，在他找女人求歡的夜裏。

他曾用他溫暖的身體觸碰過女人冰冷的身體，那只是觸碰，不是擁抱。他只是用了自己的身體，未用心。女人多麼希望丈夫在那寒冷的夜裏緊緊抱著自己，說一說話，他怎麼不知道女人的身體那麼寒冷呢？他怎麼不會感歎呢？他那只有欲念的身體，女人身體的冷與熱他怎麼能察覺？

然而丈夫，他總是有意避開女人冰冷的部位，比如腳。他只是不停地觸摸女人的私處。最後，女人連身體裏熱著的部位也冷了，丈夫掃興而歸。

相比欲念的唯一方式——做愛，愛的方式很多很多，都是甜蜜的令人沉醉。不然，兩個思念的人，不會只是長久地擁抱——這是一種愉悅的令人滿足的行為。看來馮敏也是一樣，他長久地抱著女人。

抱著他的小女人，連親吻也沒有。

擁抱著，感覺彼此的心跳。這節奏，就是做愛的旋律。欲念，只能用性器官做愛。而愛情，卻能讓很多器官做愛。

我真想就這樣一輩子抱著你。馮敏在倪蕊耳邊深情低語。累嗎？倪蕊溫柔地問。

你輕得像一片雲，我怎麼會累呢？

馮敏抱著倪蕊，兩個小時一晃而過。除了擁抱，他們沒有別的動作。這符合倪蕊對愛的期望。

愛情不是用來滿足那可惡的欲念的，決不是。

兩個人有愛，就會有一條巨大的愛河流淌，日夜奔流，滋潤心靈。兩個人只有欲念，身體裏流出的所謂愛液瞬間就會乾涸。

3.

身體寂寞時，可以自己安慰自己。心靈陷入孤獨深淵時，除了愛，還有什麼是出路？

當倪蕊在二〇〇〇年不得已與夏曉兵分床，並打算就這樣過，先是感到了身體的寂寞。當她厭倦和憎恨自己安慰自己，便開始試著忘記自己的身體。剛剛經過所謂身體本能的煎熬，心又陷入一個黑洞洞的沒有窗戶的監獄。

那是怎樣的一種孤獨啊！放假時，當孩子不在身邊，倪蕊長久地不說話，嘴都臭了。難道就這樣過完我的人生，這樣孤獨著走向死亡嗎？一個孤獨的靈魂，難道放任自己，走向死亡之谷？

不，從天而降的愛情不答應。讓愛情把孤獨的人從死亡之谷救出。不要擔憂，不要擔憂，愛不會消逝。

馮敏說，我以為我到死了都不會有愛了，現在好了。愛情真是世上的美味和良藥，愛情讓我有使不完的勁。想著這個世界上有愛著的人，一同迎接每一個清晨和黃昏，於是忙碌的商務也美妙無比。我每天開會發言更有激情。過去我作為一個商務工具，到了夜晚卸下白天的面具時，常常覺得惘然。其實我早就一個人獨睡了。當我感覺我的心被蒼老和忙碌吞噬時，愛情拯救了我。你將會看到一個充滿生機和浪漫情懷的男人。親愛的，我不能保證每時每刻都想你，但我保證在想你的時候一定會是最真誠最炙熱。我不能保證每天每夜都想你，但我保證我的愛會從春走到冬，四季輪迴。我的血在歌唱，我的每一個細胞在歡呼。

4.

倪蕊說，我的感受和您一樣。您知道我現在最想稱呼您什麼嗎？

雖然您看上去像山一樣，雖然您比我大，雖然您總把我當作孩子一樣看待，可是我最想呼喚您——寶貝，我知道這個稱呼毫無新意，還知道您會不好意思。

真的，這個稱呼是我夢寐以求的。我的生命中有一個小寶貝，那是我用子宮孕育的，我愛他，視他為寶貝。我的生命中還有一個寶貝，那是我用心孕育的，愛情。每個女人一生要孕育這兩個寶貝，才是完整的。而您就是使我孕育心裏的寶貝的人。所以，當我愛您，我便把我最親密最殷切的稱呼用在您身上，像對待我自己的生命一樣。感謝您，給我活力和激情，以及生命美好的體驗，我漸漸覺得自己健康。您把我心裏的魔鬼都驅逐了，您把我眼睛裏的魔咒解除了，我又見到了陽光和鮮花，我怎能不把您當作我珍視的寶貝啊！

我也一樣，我愛的小人兒。愛情讓我如此真切地年輕，讓我渾身充滿生命的活力。如今，我滿懷激情。睡不著，可是不睏，一點也不睏呢。哦，我也不覺得餓。如果不是為了你，我真可以不吃不睡。愛情，讓我變成神仙了。現在我明白了，為什麼那麼多的神仙寧願放棄天堂，來到人間過著平凡的普通的生活。那只是因為，愛情滋味勝過做神仙。

你的話太讓我感動了。謝謝你，馮敏。哦，當我愛著，我覺得自己是一個美麗的鮮活的女人，像一條會遊動的魚。過去我總是把自己打扮得很漂亮，但那時我只是好看的塑膠花，虛偽地作勢地只是展現顏色，讓人只能遠遠地望著。所以過去我離人遠遠的，怕人看到我身上的豔麗的沈默如死。

如果現在死去，我便沒有遺憾了。我太幸福了，我幸福的話奔湧而出。幸福來得讓我沒有準備好，我真的只能重複最簡單的話語來表達我的感受。我常常從夢中醒來，望著黑夜詢問：這是真的嗎，是真的嗎？愛情就這樣來了嗎？可是黑夜只知道沉睡，並不理睬我。我只有自己告訴自己，這是真的。她就在我的城市，和我相隔很近。我們同喝一江水，我們還能時常偶遇。你不知道，每當我偶遇你的時候，看到你蒼白的美麗的臉剎那間變紅，還有你嬌小溫柔的身影，我有多驚喜。我要把手按在胸口，才能抑制激動的心不跳出來。

不，我可不願意就此死去。你也不能有這樣的想法。那樣多麼遺憾：愛情才剛剛開始呢。

縱然夢過一千次，縱然念過一萬回，那也只有驚鴻般的幾個月。一次愛情，一次真正的愛情，相互等了幾千年，就像牛郎織女一樣。那也要愛上幾千年的，也像牛郎織女一樣。

越堅貞的愛越艱苦，雖然艱苦，卻苦中有樂。而那膚淺的愛卻快樂，雖然快樂，卻甜中有苦，最終苦完全代替甜。我那因思念而流的淚水啊，它們那麼晶瑩，閃亮。我要把它們冰凍起來，做成項鏈，戴在我那做過手術的脖子上。過去我的甲狀腺裏充滿了變性的液體，那些液體是淤積在身體裏的眼淚。現在我帶著眼淚項鏈，促使我那傷殘的甲狀腺，流淌正常的液體。生命如水，流動著就是活著的。

我想更瞭解你，瞭解你為何憂傷，我的姑娘。難道我的愛情還不能撫平它們嗎？當初，我知道你寫的《你最重要》是給我的——雖然你沒有告訴我。之所以在剛看到的時候不動聲色，我是要審視自己。為你，我早就動心了，在初次見到你的那一剎那，但那只是前奏。僅僅只是動一次心就步入愛情的聖地，那是不夠的。直到為你動心千萬次，直到心臟每一次跳動都是為你而歡暢，我才允許自己說愛你。

謝謝你的慎重和認真，謝謝你的表白，這對我很重要。聽了你的話，我只想流淚。相比我的身體，我的心更需要愛情。謝謝你讓我的心感受到了愛。噢，謝謝你吻去我的淚水。當我的淚水到達你的身體內，融入你的身體，它們多麼幸運啊。它們被你的血液擁抱，感受溫暖和力量。於是，它們在你的身體內變化，變成愛的精靈，代替主人，夜夜伴著你的夢，日日陪著你的行。

他們的對話從胸膛，奔湧而出，巨大的浪潮以十級的速度，翻滾。在月亮之下，無邊的花海以鋪天的陣勢，開放。在太陽下，還有什麼比這更雄偉、更壯觀，更讓人激動人心？這是他們有生以來聽過的最震撼的驚雷，這是他們有生以來聽過的最美的天籟交響樂。

5.

再見吧，悲觀的、憂鬱的詩人、孩子，還有理想主義者，但願你經歷了烈火或冰水之後，重生。倪蕊與過去的自己告別。

最初寫一些文字的時候，倪蕊常常流淚。她吃不下飯、日益憔悴。她忍著饑餓，不吃鄙視她的人做的飯。她忍著炎熱，不用鄙視她的人家的空調。她好像生病了。但她也堅持下來了……當她的文字越寫越多，她發現自己變了……她開始與丈夫講話，主動與丈夫講話。不過是說話而已，怎麼需要那麼長時間的思考呢？原先他們一年也說不上幾句話，要是講話，必定是吵架。

現在，她主動與丈夫講話。即使他不搭理或不耐煩，她會問問他吃飯了嗎，會問問他冷不冷？

不是愛人，卻是親人。贈人玫瑰，手上留香。

除了謝謝手中的這支筆，倪蕊更要謝謝心中的愛情。因為愛情，疏通了女人長久堵在心中的淤血——這就是致使她不正常的原因，還好她找到病因了。

愛情和筆，拯救了倪蕊的身體和靈魂的同時，教會了她一些事。

當一個人的身體是活著的土壤，心開始起死回生。或者，當心起死回生，身體就變成活著的土壤。

倪蕊一家人現在到了夜晚離開公公婆婆家，回到自己家睡覺。現在她覺得這屋子也並不討厭。她與孩子睡在那張大床上——那張大床，她與丈夫只用過幾個月。

他們又住進這間房子。她在當天的夜晚想，如果夏曉兵提出和自己睡一張床，她就應允了吧——她自己不想提出。然而他沒提出，她也就繼續和孩子睡在一起。

倪蕊已經習慣了孩子睡在身旁，他們夜夜睡得好安穩。孩子在她身邊，她夜夜夢裏芬芳。

孩子也習慣了和他的母親同睡，他從未和他的父親一起睡過。他的父親不願帶他睡，他也很高興。他們一家人這樣的睡覺方式，都是各取所需。只是夏曉兵在有了欲念時，依然不是很方便。但是他也習慣了自己獨睡，這讓他有更多的自由。他玩遊戲時想玩多久就玩多久。倪蕊觀察過他，是因為獨睡迷上了電腦，還是因為電腦而習慣了獨睡。她觀察的結果兩者都有。她在想，假如這個男人沒有迷上電腦，是不是會主動改善他們夫妻之間的關係呢？他會不會厭倦他目前所迷戀的這些自由呢？

夏康喜歡母親——還好這個孩子不缺少男子漢氣概。他是個調皮的聰明的孩子。望著這個越長越像父親的孩子，感受孩子和他的父親一些同樣的習性。倪蕊只是感動著，笑著。孩子，是他父親的說客嗎？倪蕊會因為愛著越來越像父親的孩子，而對他的父親不反感，直至親切。

偶爾，孩子夜晚離開自己，到他的爺爺奶奶家。倪蕊竟會夢到他，夢見自己和孩子走散。哭泣的總是自己。而醒來時，她會慶幸不已，幸好這只是夢啊。這些夢告訴倪蕊，她有多麼愛孩子，需要孩子。

當倪蕊從夢中醒來，看到丈夫還在電腦旁玩遊戲。她有時會問：你怎麼還不睡啊？雖然這又是只有問話沒有回答。她回到自己空曠的床，深深睡去。關著窗、關著門——其實門沒有鎖，但不會有人進來。

6.

當思念太多、太重，壓得人透不過氣，就會尋找出路——這是必然的，除非思念消失。

在馮敏的辦公室，倪蕊和他欣賞由倪蕊作詞的《桂花美》。馮敏果然安排人作了曲。他是多個協會的秘書長，由他出面，作曲的老師自然不敢馬虎，一個月的時間作好了曲並製作了小樣。小樣一到馮敏的辦公室，他就打電話喊來了倪蕊。倪蕊看到歌詞，只有小小的改動，她知道是他改的。那幾個地方改了，果然就好多了。她不禁由衷地說，謝謝你，敏，你改得真好！馮敏很滿意這首歌曲，孩子似地高興地說，那是自然。

小小的房間，沒有鮮花、沒有床，卻是天堂，純粹愛情的天堂。

馮敏說，現在，請讓我把你當作我的孩子，好嗎？

為什麼要把我當作你的孩子呢？

這樣，我就好親近你，也不覺得過分並抑制自己不過分。

倪蕊就像孩子似地歪著頭說，好啊。親愛的馮總。

那麼，來，抱抱。

依偎在馮敏的懷抱裏，倪蕊想，這個馮敏，還真是自律……也好。

偶爾，倪蕊很難控制自己，那是一個月特殊的時候，她的臉總是紅紅的，心兒跳得好快

——她的排卵期到了。這個時候，如果她正好坐在馮敏的膝蓋上，她會遐想翩翩。倪蕊不想縱容自己。當愛情停留在愛情上，沒有向欲念挺進，你最好不要改變。不然，美好與寧靜會改變。愛情需要尊重，不能被利用。

倪蕊每次坐在馮敏的懷抱裏，總是能感到他的激動，每一次只要坐在他的身上，他就瞬間澎湃了。只是，他能不動聲色。既然他不動聲色，倪蕊也就幸福地寧靜地享受他的懷抱。他為她澎湃，這個事實本身就讓她滿足——他抱著她，堅持的時間很長。倪蕊閉上眼睛。

在他激動的懷抱裏，安靜又滿足。

7.

倪蕊與丈夫半分居的這些年來，有過三次容易發生一夜情的旅行。第一次遇到了一個詩人，他每天都為她寫詩，發在她的手機裏。他想勾引她。她知道這是一個只把老婆照片放在皮夾裏而不是心裏的寂寞男人。這樣的男人，對誰都不忠誠。第二次是一個小孩子，二十一歲。他是倪蕊一個朋友的弟弟。他說他喜歡倪蕊。望著男孩子子英俊的臉，她知道年輕的他可以暫時緩解她的饑渴，帶來雨水。可是她不能，歡娛只是曇花，讓人感傷。她能接受的，只是男孩子有力的握手。還有，她可以撫摸男孩子。

最後一次遇見的是一個商人，他還沒有孩子。當他對她說喜歡她就把嘴湊到她跟前。他的表白和欲念一起攻擊，讓人以為他是真的動了情呢。倪蕊望著這個還算偉岸的男人，心裏冷笑，一句喜歡就可以引誘我嗎？

只有愛情，只有不朽的愛情，能夠讓我全身心的付出，付出我全部的血和骨頭和力量。

如果說年輕的時候，不懂美妙的性是高尚之愛，而只是讓性滿足自己可惡的欲念。為此，你會付出代價。或許，一個失敗的婚姻會屬於你。而今你已走出十八歲、二十八歲，你就應該明白，不能有性的男女，就是不能有。愛情是根，性是花。

把性當作果實採摘了，愛情和性都會死無葬身之地。

倪蕊在電腦上敲打著屬於她的文字。她祈禱，丈夫能晚些回來。丈夫一回來，即使不占著電腦，她也一個字也敲不出來。可是丈夫不知道。當她坐在電腦旁，他會在電腦旁的小床上躺著。

倪蕊說，你可以去客廳看電視嗎？丈夫才知道倪蕊在打字時不喜歡他在旁邊，他氣憤地說，你什麼意思啊？

倪蕊說，你在這兒躺著，我寫不出來。

丈夫回答，我又沒有影響你。

再說下去又會吵架。孩子還在另一個房間。於是倪蕊看了看躺在床上的丈夫，關掉了電腦。

她坐在孩子身邊，開始寫歌——親愛的孩子，為了你、也為了我自己的快樂，媽媽一定要寫出許許多多美好的歌。

8.

《桂花美》順利地成為當年的春晚歌曲。不但如此，倪蕊還參與伴舞的演出。排練期間，馮敏沒有親自審查節目，他給倪蕊發資訊說他倒是很想去審查。倪蕊回信說，那你來啊，我也正想你來呢。我很想看你跳舞，但是我怎麼能親自來呢？審查節目的事情由專門的文藝單位在做，我親自做，人家會說，馮總明著審查節目，實際上是想看美女啊。馮敏的信息讓倪蕊忍俊不禁：這個男人，越來越幽默、浪漫。倪蕊便又回信說，你見到的美女數不勝數，哪想著看我們啊。馮敏回信，我見過的美女只有一個，那就是倪蕊。

收到馮敏熱烈的資訊，倪蕊又開心又憂鬱——接下去，我們的愛該如何發展呢？不能總是這麼表白吧？我倒是喜歡，他呢？他會不會想想別的？

倪蕊為自己的想法感到臉紅。她發覺自己隱隱期盼著什麼，又擔心什麼。直視自己的內心，她發現自己還是擔心他們的愛走到性，走到性是不是就走到盡頭呢？

不想那麼多了，倪蕊在心裏告誡自己。她專心跳舞。排練了一個多月，終於到了節目上演的時候。春晚如期進行。《桂花美》是第一個節目。當倪蕊身著仙女的衣服在臺上翩翩起舞時，她看到坐在顯眼位置的馮敏。她看到馮敏努力地追隨她的身影——難為他了，她在裏面不是主跳，不用心找，的確難找到她。她迎上他的目光，很幸福。她想流淚。這首歌曲，是馮敏鼓勵的結果，是他愛的結果。他促使她寫，她還真沒讓他失望。《桂花美》，美千年，愛情美，美千年。

第十四章 信愛之果紅

1.

前一段時間倪蕊可以默默傾訴對馮敏的愛戀，並悄悄享受這種默默的情懷。到了後來，她發現這樣不行。那些思念太多了，使她不能正常地生活。即使寫成了詩或歌詞也不行。並且，有些思念像魚一樣滑滑的，連筆也拽不住。倪蕊只能向他抖落，抖落在他耳邊。也只有他能處理這些思念。

倪蕊的手機裏不知存了多少未發的資訊，那些都是為他而寫的。太多了、太濃了。一改往日的風格。倪蕊怕他不習慣，又怕他消受不起，只有默默地又刪去。

那麼，誰又能消受我的愛情呢，是我的愛不對嗎？倪蕊想。她寧願都是自己的問題，也不願是她愛的人不對。

要相見，要相見，只有這樣才能消除思戀的痛楚，釀造甜蜜。之前，倪蕊和馮敏見面，只是說說話，奢侈的就是擁抱。後來，倪蕊忘記了自己要堅守精神之戀。為什麼會忘記呢？她是知道答案的。在愛情之上，她是導演，又是演員，但總是自相矛盾。好了，這一次，讓自己跟上戀愛的行駛速度吧，不要人為地控制，不要加速和踩剎車，要死要活隨它去吧。

再不控制愛情的速度。控制愛情好難受。是該還原愛情的本色了，趁現在還看得清。寧當誠實的魔鬼，不做虛偽的天使。

是個寧靜的午後。倪蕊穿了柔軟飄逸的連衣裙，來到馮敏的辦公室。他一見到她，立刻把她抱在懷裏。緊緊地抱著，不鬆開。一聲聲動情地呼喚，我的小妮子，我的小妮子……倪蕊在他深深地熱情地擁抱裏忽然清醒了，馮敏的愛，很明顯奔向另一個方向了，而這個方向就是，性。

馮敏的改變讓倪蕊驚奇又擔心。她也想感受思念的人的全部愛撫，想知道思念的人和自己完全融合是不是很銷魂，到底是思念銷魂還是那樣做了銷魂。但是她又不想親自感受，她沒有把握，她在心裏還是傾向於心裏的那份思念。她還是認為心與心的交融更快樂。愛情真要走向另一座山，她卻清醒了，猶豫了：萬一到了性愛這座山，不是很快樂，愛情會不會受到影響？甚至會不會消融？她記得自己的子宮是經不起興奮的，一興奮就會流出鮮紅的血。

他還是熱情地吻，同時把手伸進了倪蕊的上衣。他撫摸她的乳房，隨著他的撫摸，倪蕊更緊張了，比起他的吻和擁抱，他向她發起的性的攻擊，讓她難受。但是她不能拒絕。他只是在撫摸。

過了一會兒，他拿起她的手，把它引向自己的下面。倪蕊發現自己還是願意撫摸他那裏的。她紅著臉，輕輕握住又硬又燙的愛之劍。這是她沒有預料的。他那裏奔流著熱烈的血，都是因她而起。就這樣握著，沒有別的動作，她已經很震撼。他想讓她用點力度，用手示意她，她那套在愛之劍上的手，羞澀又小心翼翼地撫摸。她想激情一些，卻怕弄疼他似的。她把頭依偎在他的懷裏。

只聽得他輕輕地問：可以嗎，你想要嗎？

當然！她在心裏說吧。嘴巴卻默默無語，臉頰緋紅。

他自然明白女人的意思。褪掉女人小小的內褲。讓女人小小的身體坐在自己身上，把直挺的寶劍抵入女人的下體。

就是這樣，必須要這樣。兩個人無比快樂。輕輕地，重重地，動或不動，都好。怎麼樣都好，只要它們在一起。她滋潤著他，他充實著她。它們能夠感覺到彼此都在跳動。

2.

那之後，他們上了癮。一有時間就在一起。他們再見面，不說別的話，見面只是要。不知疲憊地要。女人終於知道什麼是真正的性愛了。男人親吻女人的全身，重點親吻女人的玫瑰。他總是說，我怎麼這麼喜歡你！太美了，太美了！他用嘴唇把女人一次次送到快樂的頂點。看到女人可憐又可愛地嬌喘著，男人不忍地停下了嘴巴的動作。女人忽然又覺得空了。睜開眼看男人。男人壞壞地笑著，忽然，又快又準又狠地抵入！女人早已經濕潤了，大動物進來，一點也不痛。再怎麼橫衝直撞，只覺得痛快。女人閉上眼睛，嘴裏只能呻吟：親愛的，寶貝，壞蛋，你愛死我了。愛死我了……

男人忽然停下來，壞壞的說，那我休息一會吧。

大動物不動。女人不依了。她一下子翻過來，騎在男人身上，瘋狂地在男人身上舞蹈。這回，男人受不了了，一聲聲呻吟。時而微笑，時而痛苦又著迷地望著身上的女人。

女人好多次到達了頂峰。男人還堅持著。看女人疲憊了，臉上的貪婪完全滿足，男人翻身，快速衝刺，把兩個人送上了雲端。

3\. 這應該就是愛情！一定是的！不然我怎麼會這麼快樂?!不然我怎麼從心裏，到每一寸肌膚，都那麼渴望他?!即使這不是愛情，我也管不了這麼多了。我只想，要要要，他他他！倪蕊自問自答。凌晨三點，她打通了馮敏的電話，不管他是否醒著，她說，我要離婚了。然後關掉手機。第二天很晚，她開機，收到他的資訊，我愛你，不用懷疑。但，請你不要離婚！倪蕊控制不住自己，發短信使勁地罵他。

4\. 之後，他們還是見面，不停地要。分別後，倪蕊便開始用短信罵他。而他，由著她罵。

5\. 倪蕊開始留意馮敏的短信。發現一個叫做馬雲的女人，和他來往密切。這個離婚的女人，小他三歲，便是他的女朋友。

一天，倪蕊接到了一個陌生女人的電話。倪蕊說，我知道你是誰，馬雲，你好！你離婚了嗎？不要臉的女人，敢勾引我老公！你不知道吧？我們已經結婚了！

哦，是嗎？祝你們白頭到老。

6.

他們還是不能分開。太快樂，太想念對方了。她是，他更是。

見面時，她知道了，馮敏沒有和馬雲拿證。倪蕊並不要求他和馬雲分手，她不吃醋不緊張。她深信，他那麼迷戀她，是來自心靈的深處，更是身體的至真需要。除此，沒有別的理由。

馬雲總是在倪蕊和馮敏約會時打來電話。質問他是不是上了倪蕊的床。倪蕊不出聲，馮敏沒否認。

電話裏，她聽見馬雲長久的哭泣。

待馬雲停住哭泣，馮敏說，你找個人結婚吧！我不適合你！

7.

馬雲約倪蕊見面。倪蕊說，我知道你要說什麼。我並不是為了和他結婚而在一起的。

馬雲一巴掌打在倪蕊臉上，說，不要臉的小三！婚都不離和男人鬼混。

倪蕊沒還手，沒感覺疼痛，她說，我離不離婚，跟你沒關係。我可以告訴你的是，我很乾淨！

呸，裝純情！

倪蕊淡淡地看著馬雲，平靜地說，醫生可以證明，我的身體乾淨，馮敏可以證明，我的心靈乾淨！

馬雲下意識地並緊雙腿，她即使夾得緊緊的，那裏依然飄過一股黴氣。那是不潔的氣味。掩蓋不住。倪蕊想，馮敏，一定不會喜歡馬雲那裏。不然，他怎麼會把她的那裏視為珍寶，每每相見，都仿佛初見一樣。

馬雲收起傲慢，頹然而去。她那裏，縱使怎麼洗，也洗不出芳香。每每相見，她能親吻馮敏的全身，包括腳。而他，只會親吻她的上半身。

8.

二〇〇八年五月十二號，這是個特殊的日子。倪蕊像往常一樣，在教室裏教孩子們唱歌。忽然電扇旋轉起來，講臺也輕微地動起來。她停下歌聲，關注起這突然的變化。外面沒風。她突然意識到，是地震。她趕緊對孩子們說：同學們，我們到外面去唱歌好不好？坐在草地上唱。教室裏太悶了。

好！孩子們高興地回答。

女孩子先出去。然後是男孩子。

孩子們迅速而有序地出了教室。這樣很好，沒有引起混亂。倪蕊想，待會在安全的操場上再告訴孩子們實情。

當倪蕊帶著他們班上的孩子來到操場上，已經有幾個班的孩子出來了。大家都知道了是四川的汶川發生了強大地震，引起了餘震。

遠遠地，倪蕊也看見了夏康班到了操場。她對著夏康揮了揮手，夏康心領神會地也朝倪蕊揮了揮手。

倪蕊掏出手機開始打電話。打電話以前她發了一條短信：地震了，請不要留在室內。是發給馮敏的。馮敏沒回信，太忙。但願他不要在室內開會。

然後倪蕊把電話打給了公公和婆婆。這兩個老人還不知道地震了，正在午睡。接到倪蕊的電話，婆婆的聲音很感動，連聲說，好好好，我們馬上去樓下待著。

倪蕊還給夏曉兵打電話。她一邊撥一邊對自己說：我終究是最後一個給他打電話。她搖搖頭表示歉意，夏曉兵的電話通了，他沒有一絲感情色彩地喂了一聲，倪蕊簡短地說：地震了，你不要待在室內。他哦了一聲，沒說別的話。倪蕊掛了電話。

地震的餘波沒有對幻城產生破壞。但這餘波讓很多人知道了生命的可貴和被人關心的溫暖。

倪蕊的公公婆婆和夏曉兵吵了一架。他們終於發現了兒子的冷漠。說：你不關心老的，也要關心一下小的。你怎麼這麼冷漠？你沒發現今天地震了？老人苦口婆心。夏曉兵聽了吼叫：你們怎麼回事？你們到底要我怎麼做？公公也吼起來：我要你死！你活著只有你自己，從不知道關心別人。你說你該不該死？婆婆也在一旁說，真不知道他怎麼會這樣？小倪今天都給我們打了電話，讓我們不要待在屋裏。你倒好，不聞不問。

夏曉兵最終沒有說話，他也不再吼叫了。他的父親母親終於使他沈默了。他沒有摔門而去，只是躺在床上唉聲歎氣。

夏曉兵在床上歎氣，他的父母看了也歎氣，離開了他的房間。

9.

電視裏播放著抗震救災的感人畫面。倪蕊陪著畫面一次次流淚。她的心被震撼了，她的心跟隨電視鏡頭，為那些埋在廢墟裏的老人或者孩子祈禱、祝福和加油。每當一個同胞得救，她的心開始歡呼。看著那一片片廢墟、一個個死者，倪蕊深切感到自己其實是幸福的。活著就是最大的幸福，好好活著是最大的追求。看著那張開雙臂變成一隻大鳥保護孩子的老師，看著那失去母親的孩子或失去孩子的母親，倪蕊深深感到這是一場人與災難的殘酷戰爭。在這場戰爭中，人們流血流淚，但是不會低頭。災亂可以奪去我們的生命，但是奪不走我們的愛。

倪蕊想去救災的前線，她想讓自己的生命在那裏得到洗禮得到昇華。她要去到那裏，向那裏的孩子學習，向那裏的老人學習，更要向那裏的軍人學習。學習他們的堅強和勇敢。她也想去盡自己的微薄之力。她知道去了會很危險，但她不害怕。她需要歷練。如果她能生還，她一定會徹底走出生命的絕谷。

倪蕊給馮敏發訊息，馮敏回信說忙沒時間和她見面。她只有給他打電話。電話裏他用急促的聲音問：有什麼事嗎？那語氣在催促倪蕊快點說，也仿佛在埋怨倪蕊在國家有難這個緊要關頭，還想著兒女情長。

倪蕊硬著頭皮說，馮總，去救災的青年志願隊是不是您在組建？我想參加。

電話裏一陣沈默。過了一會兒，馮敏答覆：不是每一個人都能做志願者的。身體弱的人去到那裏，只能成為負擔。你有這份心是值得肯定的。不過你還是留在家裏，把工作做好也是在救國。保重。

各行各業都在發動捐款。倪蕊看著自己存摺上了一千四百元工資，不禁全部取了出來，捐了。在做這件事的時候，她舒了一口氣：總算能夠盡我的微薄之力了。她的捐款，在學校算多的。校長看著她捐的時候，臉上露出會心和贊許的笑，有些同事見了，不解的目光投給她，似乎在說：你還真會炒作，看你這個月怎麼過生活？

倪蕊笑了，如果每個人都來炒作愛，這世界不是很好嗎？

10.

倪蕊對夏曉兵說，這個月我把工資都捐出去了，夏康的牛奶和作文班的費用你交行嗎？

夏曉兵沈默地看了倪蕊一眼，沒有說話，上次他的父母叫他做人太冷漠還在他耳邊回想，使他沒有諷刺倪蕊，你很高尚啊。倪蕊本來預備他諷刺的，她都想好了答覆：怎麼呢？

高尚不對嗎？如果夏曉兵說，你有本事高尚就別來求我。她就說：我不是在求你。你也有責任為夏康買牛奶交培訓費。

行不行？倪蕊追問。

不行怎樣呢？夏曉兵反問。

倪蕊看著夏曉兵不爽的樣子，她好心情地說：不行是不行的。她控制自己不說出這樣的話：你打麻將輸錢的時候怎麼那麼爽快呢？她不能這樣說，說了他會惱怒，就別指望他能拿出錢了。

夏曉兵沒有再說話。這表示他同意了。

馮敏去了四川。倪蕊揪心地發信息給他：請保重、保重、一定保重！她知道他現在很忙，也許沒時間回她的訊息。不想他卻回了信：我明白了，我不再懷疑，愛讓人感動。

收到這條訊息倪蕊流淚了，她以為馮敏如此全心全意地履行一個企業家的職責，是想用大愛覆蓋他們那燃燒的情愛。她能理解他，不會怪他對她的疏遠，沒想到他在這樣的關頭還想著她。如果他在目睹了愛的偉大愛的神奇，卻不會觸景生情，想到她的愛，那麼他們的愛就不夠分量，她就會在心裏默默地開始放開這段愛。現在，她知足了。她會記住他的短信：愛讓他感動，他會珍惜愛。

馮敏沒有回來。為救一個困在廢墟中的孩子，他用身體挪開了一個柱子，孩子得救，他卻被柱子砸中了頭。

電視裏播放著他去四川的畫面。她看到他激動地說：我看到了生命的力量和尊嚴，我慶幸自己來到了這裏。因為一開始，我就是為了拯救自己而來。

倪蕊看著電視裏的他，心裏一陣疼痛。同時她又為他感到自豪。他是優秀的，他是英雄的，他是深情的，這樣的男人即使遠遠看著，也是一種幸福。而她，還擁有著他的愛。

他們真正地愛過。他們的心靈，他們的肉體，都愛過。

11.

倪蕊回味著他們的愛情。他們的愛情像一幅美麗的畫面，存放在彼此的心裏；他們的愛像動聽的歌曲，縈繞在彼此的耳邊。他的身體，還住在她的體內。夜晚，她撫摩著自己，就好像被他撫摩。這一次，倪蕊沒有因為對方的離去而懷疑愛的存在。愛若在，不見面也在。愛若不在，天天見也惘然。倪蕊把這份愛化作正常生活的勇氣和追求夢想的力量。三十六歲，學會愛不遲，三十六歲，有夢想也不遲。她想起自己曾經的期待。期待著有一天，她再見他時，他欣喜地說：哦，你真不錯啊，我的小妮子。那時他老了，而他們還可以聯繫，還可以大方見面，因為他們很好地把心中的愛延續了，沒有讓愛走到盡頭。到那時，他可以大方地摸著她的頭，她也可以旁若無人地攙扶他。因為他們老了。人們不會關注年邁的他和即將年老的她之間的故事。卻沒想到，他們的心裏依然從容地燃燒著愛情，他們兩個人只是和愛情捉了一次不得不需要的迷藏。

夏曉兵變了，開始關心倪蕊和夏康。當倪蕊和夏康出門，他會打電話詢問什麼時候回家。他主動和倪蕊講話，不再從早睡到晚。麻將還是繼續打——這是沒有辦法的事，他的空閒時間總要打發。

倪蕊的書出版了，沒有賺到錢，不過沒虧。這樣她已經很高興了。倪蕊把書焚燒，心裏默念著馮敏的名字。

倪蕊拿著新出版的書，預備送夏曉兵一本時，夏曉兵不見蹤影。電話也打不通。後來終於通了，他在電話裏大吼，大作家！打打打什麼啊?!

倪蕊呆了，電話掉在地上。眼淚無聲落下。

門開了。夏曉兵紅著眼，直衝倪蕊的房間。他一把抓起熟睡的夏康，啪啪兩巴掌。說：給老子滾到那邊睡。

夏康嘴角流著血，哭著走向夏曉兵的床。

在自己失而復得的領地，夏曉兵像一隻老虎，比任何時候都強勢。倪蕊默默承受著，默默從床下抽出用來自衛的刀。

一朵血花，將黑暗照亮……

尾聲

五年之後。倪蕊在四川，汶川，一個重建的小學，任教。她默默地在這個地方，感受生命存在的喜悅。孩子很爭氣，考上了一所寄宿制學校。夏曉兵主動和倪蕊辦理了離婚手續，然後忙著相親，準備再婚。臉上有了表情，眼睛也活了，嘴巴也能夠說一些話。也不再死一般的一天到晚躺在床上。

杜鵑花開滿山野時，她來到馮敏跟前，和他說話。

她聽見他的聲音回蕩在風中：別再回憶我，開始你嶄新的人生吧！

她笑著說，你放心……

釀小說38　PG1129

沉默的風暴
——誰懂女人的寂寞

作　　者　文　朵
責任編輯　廖妘甄
圖文排版　楊家齊
封面設計　秦禎翊

出版策劃　釀出版
製作發行　秀威資訊科技股份有限公司
114 台北市內湖區瑞光路76巷65號1樓
電話：+886-2-2796-3638　傳真：+886-2-2796-1377
服務信箱：service@showwe.com.tw
http://www.showwe.com.tw
郵政劃撥　19563868　戶名：秀威資訊科技股份有限公司
展售門市　國家書店【松江門市】
104 台北市中山區松江路209號1樓
電話：+886-2-2518-0207　傳真：+886-2-2518-0778
網路訂購　秀威網路書店：http://www.bodbooks.com.tw
國家網路書店：http://www.govbooks.com.tw
法律顧問　毛國樑　律師
總 經 銷　聯合發行股份有限公司
231新北市新店區寶橋路235巷6弄6號4F
電話：+886-2-2917-8022　傳真：+886-2-2915-6275

出版日期　2014年4月　BOD一版
定　　價　330元

Printed in Taiwan

國家圖書館出版品預行編目

沉默的風暴：誰懂女人的寂寞 / 文朵著. -- 一版. --
臺北市：釀出版, 2014.04
面；　公分
BOD版
ISBN　978-986-5696-03-0 (平裝)

857.7　　　　103003849

讀者回函卡

感謝您購買本書，為提升服務品質，請填妥以下資料，將讀者回函卡直接寄回或傳真本公司，收到您的寶貴意見後，我們會收藏記錄及檢討，謝謝！

如您需要了解本公司最新出版書目、購書優惠或企劃活動，歡迎您上網查詢或下載相關資料：http:// www.showwe.com.tw

您購買的書名：______________________________

出生日期：_______年_______月_______日

學歷：□高中（含）以下　□大專　□研究所（含）以上

職業：□製造業　□金融業　□資訊業　□軍警　□傳播業　□自由業

□服務業　□公務員　□教職　□學生　□家管　□其它____

購書地點：□網路書店　□實體書店　□書展　□郵購　□贈閱　□其他

您從何得知本書的消息？

□網路書店　□實體書店　□網路搜尋　□電子報　□書訊　□雜誌

□傳播媒體　□親友推薦　□網站推薦　□部落格　□其他________

您對本書的評價：（請填代號　1.非常滿意　2.滿意　3.尚可　4.再改進）

封面設計____　版面編排____　內容____　文／譯筆____　價格____

讀完書後您覺得：

□很有收穫　□有收穫　□收穫不多　□沒收穫

對我們的建議：______________________________

____

____

____

請貼
郵票

11466
台北市內湖區瑞光路 76 巷 65 號 1 樓
秀威資訊科技股份有限公司 收
BOD 數位出版事業部

....

（請沿線對折寄回，謝謝！）

姓　名：＿＿＿＿＿＿＿＿ 年齡：＿＿＿＿ 性別：□女 □男

郵遞區號：□□□□□

地　址：＿＿＿＿＿＿＿＿＿＿＿＿＿＿＿＿＿＿

聯絡電話：(日)＿＿＿＿＿＿＿＿ (夜)＿＿＿＿＿＿＿＿

E-mail：＿＿＿＿＿＿＿＿＿＿＿＿＿＿＿＿＿＿